マーメイドの淫惑

睦月影郎

Kagerou Mutsuki

三交社 艶情 文庫

目次

※この作品は艶情文庫のために書き下ろされたものです。

第一章　謎の美少女で初体験

1

（眠い……、面倒だけど仕方がないな。初めてのバイトだから……）

早朝、澄夫は海岸に出て砂浜の掃除を開始した。

海は静かで、昇りはじめた朝日に雲がバラ色に輝き、遠くに釣り船が何艘か見えるだけ。白い砂浜の一部に岩場があり、あとは釣り人もサーファーもいないプライベートビーチだった。

そう、ここは岬に囲われた私有地の浜辺で、背後にある山の麓には金持ちの別荘が建ち並んでいた。

この海岸の持ち主は浜中商事で、毎年夏場だけ知人を迎えるための海の家が建てられるのだ。今日から建築作業が始められるので、すでに資材も浜へと運び込まれている。

澄夫は、その作業の手伝いのためバイトすることにしたのだった。

水野澄夫は二十歳、大学三年生で近くのアパートに住んでいる。

実家は海のない北関東で、両親ともに高校教師。国文科の澄夫も、いずれ教師になるつもりではいるが、できれば人前で喋るのが苦手なので、在学中に作家デビューできないものかと甘い考えを持っていた。

七月中旬、もう前期試験も終わって夏休みに入ったが、バイトが見つかったので実家にはしばらく帰らないつもりである。

というのも、同じ古典サークルの一年生、十八歳の浜中亜由に、バイトに誘われたからだ。

彼女は浜中商事の一人娘、まだ少女の面影を残すお嬢様だが、まあ澄夫のアパートが近いという理由だけで誘われたのだろう。

澄夫は色白で小太り、スポーツもアウトドアも縁がなく、もっぱら読書と執筆だけが趣味で、力仕事など真っ平御免なのだが、可憐な亜由の誘いだから乗ってしまったのである。

何しろ亜由の面影で毎晩のように熱いザーメンを放ち、彼女が入学してきた春からは、オナニー妄想では最多出場の美少女なのだ。

しかし、告白をするような度胸はないし、相手は金持ちのお嬢様だ。

澄夫は今までにも女性と付き合った体験はなく、ファーストキスさえ未経験のまま二十歳になってしまったのである。

とにかく彼のバイト初日は、早朝から浜の掃除だった。

プライベートビーチとはいえ、たまに釣り人や観光客、サーファーなどが入ってきてゴミを捨てていく場合もあるのだ。

澄夫はキャップをかぶってTシャツに短パン、サンダル姿で籠（かご）を背負い、トングを手にして浜を歩き回った。

岩場にワカメなどがからみついている場合もあるので、腰のポーチにはカッターやハサミなども入っている。

しかし砂浜は綺麗（きれい）で、たまに打ち上げられている海藻などを籠に入れて歩き、彼は隅の岩場の方へと行ってみた。

海水浴などしたこともないので、岩場にいる海の生物などは気味が悪くて仕方がないが、それでも一応見て回った。

すると岩場の陰に、何かが落ちていた。長さ三十センチほどで、彼は気味の悪い生き物の死骸（しがい）かと恐る恐る近づいた。

（なんだ……、人形か……）

見ると、それは可憐な顔をした長い黒髪の、人魚の人形ではないか。

海水に湿っているが、目鼻立ちはクッキリとし、半裸の乳房は形良く、下半身は滑らかな流線を描いた魚だ。

その全身に、人形の両手も巻き込むように、釣り人が捨てていったらしいテグスがからみついていた。

澄夫は人形とはいえ気の毒に思い、腰のポーチからハサミを出し、本体を傷つけないようテグスを切り取ってやった。

順々に、からみついたテグスを切り離していくと、錯覚だろうが人形の表情が心なしか和らいできたように思えたものだ。

やがて全(すべ)てテグスを取り除いて背の籠に入れ、人形を抱いた澄夫はどうしようかと思った。

(何で出来ているんだろう。フィギュアにしても精巧な……)

彼は思い、あまりによく出来ているのでアパートへ持ち帰ろうかと思った。

すると、そのときである。

いきなり人形がピチピチと動きはじめ、

「うわ……！」

彼が驚いた隙に手の中を離れ、そのまま海に飛び込んでいったのだ。

「い、生きている？　まさか……」

たちまち波に没して見えなくなった辺りに目を凝らしながら、澄夫はこの土地に残る人魚の逸話を思い出していた。

伝説の大部分は、人魚というより竜の化身だったり、子を抱いた濡れ女という妖怪や、あるいは災厄を取り除くといわれるアマビエの類いが多いのだが、中には美しい娘が漁師と結婚して幸運をもたらすというものもある。

（い、今のは何だったんだ……）

彼は動悸を激しくさせ、いつまでも人形が去っていった波を見つめていたが、やがてトラックが入ってきたので振り返った。

「おはよう、早いな」

作業の人たちが降りてきて澄夫に言い、彼もキャップを脱いで汗を拭いながら籠を担いで連中の方へと戻った。

みなタオルを頭に巻き、ランニングシャツで赤銅色の腕は太い。

自分もこんな逞しければ、亜由に求愛できるのかも知れないと思い、あるいは亜由は秀才のエリートを選ぶのかも知れないと、様々に思った。

逞しくもなく、秀才でもない澄夫は、とにかく籠を下ろし、言われるまま不器用に手伝いはじめた。

日が高くなると陽射しは強くなり、山の方からは蟬の合唱が聞こえてきた。

彼らは手際よく建ててゆき、澄夫は連中の間をウロウロしながらも汗だくになった。

毎年組み立てているものだから連中は慣れたものだが、それでも人が出入りする家だから頑丈に建てられていった。あまり釘などを使わなくても、すでに完成キットがバラされているようなものだから、見る見る建物の形になっていくのが見事だった。

やがて昼近くになると、別荘から社長夫人の美沙子が、何人かのお手伝いとともにやって来た。

亜由の母親で、色白の巨乳、顔立ちも亜由に似て整い、まだ三十九歳という、ふるいつきたくなるような美熟女だった。

すでに昨日のうちに挨拶を済ませていた澄夫も、こんなに熟れて美しい大人の女性に手ほどきを受け、覚えた技を亜由に向けられたら理想的だなどと思ったものだった。

「お疲れ様、お昼にしてくださいね」

美沙子が言い、冷たいものや握り飯を出してくれた。

一同も休憩して座り、澄夫も一緒に握り飯を頬張(ほおば)り麦茶で流し込んだ。早起きだったので朝食を抜いたため実に旨(うま)く、腹が満たされたが午後は眠くなりそうで心配だった。

すると、白い服に日傘を差した亜由もやって来た。

「大丈夫ですか、先輩」

「そ、そんなに疲れているように見えるかな。なんとか、足手まといにならないように頑張ってるよ」

近くに来た亜由に言われ、ほんのり甘く上品な匂(にお)いを感じた澄夫は、自分の汗の匂いを気にしながら答えた。

作業の連中は、午後の段取りなどを話し、誰(だれ)も令嬢を意識しているものはいないようだ。

「日焼けで、少し顔が赤くなってるわ」

「うん、でも僕はあまり焼けないで、赤くなって戻っちゃうんだ」

彼は答え、可憐な亜由や美しい美沙子がいるなら眠気も心配なさそうだった。

小学生の頃からインドア派だった澄夫は、夏休みが終わるたび日に焼けた級友を見てコンプレックスを感じたものだった。

亜由も夏休みに入り、しばらくは別荘で過ごすらしい。

別荘といっても、電車で数駅先にある駅前のマンションが自宅だから、それほど遠くはない。

やがて昼休みを終えると、連中はまた元気よく働きはじめ、澄夫も言われるまま資材を運んで手伝った。お手伝いたちが片付けを終えると、美しい母娘は、優雅に浜を散策してから、やがて別荘へと戻っていった。

そして日が傾く頃、今日の作業は終わり、連中は一杯やりにトラックで引き上げていった。

「うちで夕食していってください」

帰ろうとすると、また亜由が出てきて言ってくれた。

浜から通りまで上がると、すぐ向かいに浜中家の別荘の門がある。あまり車も通らない静かな一角だった。

「い、いや、帰るよ。早くシャワーも浴びたいし、夕食は余り物があるので」

「そう、遠慮しなくていいのに」

亜由は言ったが、やはり決まり悪いし、美しい母娘の前では味も分からないだろうから、澄夫は挨拶をしてそのまま引き上げたのである。

（こんなことだから彼女ができないんだろうな……）

せっかく誘ってくれたのにと彼は思い、歩いて十分ほどの住宅街の外れにあるアパートへと戻った。

二階建ての一階隅で、六畳一間にバストイレ、狭いキッチンがある。大学までは、駅二つだ。

海の街へ来たのも、一度家を出たかったのと、ここの大学しか受からなかったからである。

六畳間には万年床と机にノートパソコン、あとは本棚と小さな冷凍冷蔵庫、ドアの外には洗濯機があり、食事はほとんど冷凍物ばかりだった。

とにかくシャワーを浴び、早く横になりたい気持ちを抑えて夕食、あとはメールとSNSのチェックをした。

すると、疲れているのに眠くなく、今日は亜由や美沙子の母娘と身近に接したから、その面影でオナニーしてから寝ようと思った。

そして灯（あか）りを消そうとすると、そのときドアが軽くノックされたのである。

2

「え？　誰……？」

澄夫は驚きながらも、まさか亜由が忍んできたのじゃないかと、あらぬ期待をしながらロックを外し、細くドアを開けてみた。

どうせ亜由などであるはずはないので、やや警戒しながら見ると、なんと長い黒髪の、二十歳前ぐらいの美女ではないか。

水色のワンピースで素足にサンダル。どこかで見た顔だと思いながら、

「どなたですか……」

戸惑いながら訊（き）くと、彼女はチェーンもないドアを開けて中に入ってきてしまった。

「うわ……！」

澄夫が驚いて身じろぐと、彼女はサンダルを脱いで上がり込んできた。

「人の足は歩きにくいわ。でもあなたの匂いを頼りに、やっと探し当てたのよ。澄夫というのね」

美女が言って万年床に座った。

ドアにはフルネームで紙の表札を出しているので、それを読んだのだろう。

「き、君は……」

「人の名前は、天海(あまみ)怜奈(れいな)というように言われたわ」

「誰から……」

「ワダツミの女神様から」

「ま、まさか……」

澄夫は信じられない思いで、恐る恐る彼女を見て言った。その白い腕のあちこちには、テグスが食い込んだらしい淡い傷が残っているではないか。

「助けてくれてありがとう。早く海へ戻らなければ死ぬところだったわ」

彼女、怜奈が熱っぽい眼差(まなざ)しを澄夫に向けて言う。

「あ、あのときの人魚……」

「ええ、恩返しのため人の姿になって来たわ。もっとも、私の姿が見えるのは澄夫だけだけれど」

怜奈が言い、澄夫は疲れて眠ってしまい、夢を見ているのだろうと思い、そっと頬をつねってみたが痛かった。

「お、恩返しって……」

「あなたの望むことをしに」

言われて、澄夫は急激に勃起してきた。

何しろオナニーして寝ようと思っていたところへ、可憐な亜由よりも、さらに神秘の美しさのある人魚が訪ねてきたのである。

「の、望むことは、一つだけなんだ」

「なに？」

「初体験……」

「なんの？」

怜奈が小首を傾げて言う。

何歳か分からないが、とにかく見た目は二十歳前で、人魚が、どのような生殖行為を行うかも分からないが、彼女もまた人の世界のことをあまりよく知らないのだろう。

このワンピースも、どこかで調達したか、ワダツミに与えてもらったものなのかも知れない。西洋の童話なら、魔法使いが人魚姫を人に変えるが、やはり日本はワダツミの神のようだ。

「ふ、触れたい……」

「いいわ、何をしても」

「じゃ脱いで、全部」

澄夫は興奮と緊張、期待に声を震わせて言い、自分からシャツとトランクスを脱ぎ去ってしまった。もちろん彼自身は、はち切れんばかりにピンピンに屹立していた。

するとと怜奈もワンピースを脱ぎ去ると、なんと下には何も着けておらず、いきなり一糸まとわぬ全裸が現れた。

（うわ、とうとう念願の筆下ろしを。もっとも相手は人間じゃないけど……）

澄夫は胸を高鳴らせながら思い、急いでドアを内側からロックし、机のスタンドを枕元に下ろして点け、天井の灯りを消した。

「こ、ここに寝て……」

言うと怜奈も素直に横たわり、見事に均整の取れた肢体を晒した。

覆いかぶさるように観察すると、怜奈は長い睫毛を伏せてじっとしていた。

化粧気はないが、形良い唇は赤く、形良い乳房も微かに息づいている。

正に、あの可憐な人形の人魚が等身大の人になったようだ。

股間の翳りも淡く煙り、スラリとした脚も全く人と変わりない。いや、人以上に均整の取れたプロポーションだった。

股間の観察は後回しにし、まずは念願のファーストキスである。

屈み込み、生まれて初めてこんなに近くで女性の顔を見ながら、そっと唇を重ね合わせていった。

柔らかな感触と唾液の湿り気が伝わり、澄夫は痺れるような感激を味わった。

高校時代のクラスメートの誰もが、大学に入って恋人を作ったり、あるいは風俗で体験していただろうに、ようやく成人してから初めて澄夫は女性の唇に触れたのである。

密着させていると、怜奈の鼻からは微かな呼吸が感じられ、嗅ぐと彼の鼻腔が生ぬるく湿ったが、特に匂いはない。

そろそろと舌を挿し入れ、滑らかで綺麗な歯並びを舐めたが、いつまでも開かないので、

「歯を開いて」

そっと口を離して囁くと、また重ねた。

すると怜奈の前歯が開かれ、澄夫は中に侵入して彼女の舌を探った。

チロチロと舐めると、それは生温かな唾液に濡れ、次第に彼女も蠢かせ、滑らかにからみつかせてくれた。

（ああ、なんて美味しい……）

彼は美女の舌を探りながら、清らかな唾液をすすった。

すると、何やら身の内に力が湧いてくるような気がしてきた。一日働いた疲労が吹き飛び、気力も漲ってくるのである。

（そういえば……）

人魚の肉を食うと不老不死になるという伝説があった。たまたま食ってしまった尼僧が八百年生きたという、八百比丘尼の話が頭に浮かんだ。

だから肉を食わないまでも、人魚の体液を吸収するだけで生命力が増してくるのかも知れない。

いや、そんな力が秘められていなくても、彼は夢中で貪りながら舌をからめ、恐る恐る彼女の乳房に手を這わせていった。

柔らかく張りのある膨らみを優しく揉み、指の腹で桜色の乳首をクリクリといじると、

「アア……」

怜奈が口を離し、熱く声を洩(も)らしてきた。

喘(あえ)ぐ口から洩れる吐息を嗅ぐと、うっすらと磯の香りが感じられた。

やはり海中で、魚や貝などを食して暮らしているようだ。魚では共食いになるのではと気になったが、人も地上のあらゆる生き物を取り入れているのだから同じことであろう。

長い髪に鼻を埋めると、やはり磯の香りが感じられた。

澄夫は白く滑らかな肌を舐め降り、チュッと乳首に吸いついて舌で転がし、もう片方も含んで舐め回した。

「ああ……、いい気持ち……」

怜奈も喘ぎ、クネクネと身悶(みもだ)えはじめていた。

両の乳首を味わい、彼女の腕を差し上げて腋(わき)の下に鼻を埋めると淡い和毛(にこげ)があり、実に艶(なま)めかしかった。ここをスベスベにするまで、ワダツミの知識は及ばなかったのかも知れない。

いつも海中にいるのだから特に匂いはなく、さらに彼は肌を舐め降りた。

形良い臍(へそ)を舌先で探り、丸みのある腰のラインから脚をたどっていった。

やはり股間は最後に取っておかないと、すぐ済んでしまうだろう。

せっかく身を投げ出し、好きにさせてくれているのだから、隅々まで女体を味わい、最後に肝心な部分に迫ろうと思った。

長い脚もスベスベで、この下半身が今まで魚だったとはとても信じられず、彼は実によく出来た造形を味わった。

足首まで下りると足裏に回り込み、彼は踵から土踏まずを舐め、形良く揃った足指に鼻を埋めた。ここも淡い磯の香りだけで、蒸れた汗の匂いなどは感じられなかった。

そして爪先にしゃぶりつき、順々に指の股に舌を割り込ませると、

「アアッ……、くすぐったいわ……」

怜奈が喘ぎ、クネクネと腰をよじった。やはり足は、まだ生まれたてのように敏感なようだった。味も特にないが、彼は桜貝のような爪を舐め、両足とも全ての指の間をしゃぶり尽くしてしまった。

そして顔を上げると、いよいよ彼女の両脚を左右に開かせ、脚の内側を舐め上げて股間に迫っていった。

「あう……、は、恥ずかしいわ……」

怜奈がビクッと顔を仰け反らせ、嫌々をして声を洩らした。

やはり普段股を開くことのない人魚が、生まれて初めて持った両脚を開いて男の顔を受け入れたのだから、激しい羞恥に見舞われたようだ。

澄夫も興奮しながら、白くムッチリとした内腿をたどり、神秘の中心部に目を凝らしていった。

大股開きになると、股間の丘には楚々とした恥毛が煙り、小ぶりの花びらが割れ目からはみ出していた。

そっと指を当て、陰唇を左右に広げると、奥には花弁状の襞の入り組む膣口が息づき、ポツンとした小さな尿道口も確認でき、包皮の下からは小豆大のクリトリスが、真珠色の光沢を放ってツンと突き立っていた。

3

「アア……、そんなに見ないで……」

怜奈が、人の男の熱い視線と吐息を股間に感じ、ヒクヒクと白い下腹を波打たせながら喘いだ。女性器の形も、裏ネットで見たものとさして変わらないが、やはり生身は興奮が絶大であった。

もう堪らず、澄夫は吸い寄せられるように怜奈の股間に顔を埋め込んだ。柔らかな茂みに鼻を擦りつけて嗅ぐと、やはり淡い磯の香りが蒸れて籠もり、悩ましく鼻腔が刺激された。

舌を挿し入れ、膣口の襞をクチュクチュ掻き回すと、僅かに溢れるヌメリは淡い酸味を含み、すぐにも舌の動きが滑らかになった。

そして愛液を吸収するたび、また新たな力が漲ってくる気がした。味わいながら、ゆっくりクリトリスまで舐め上げていくと、

「アアッ……、い、いい気持ち……！」

怜奈が喘ぎ、内腿でキュッときつく彼の両頬を挟みつけてきた。

澄夫はもがく腰を抱え込み、チロチロとクリトリスを舐めると、やはりここは相当に感じるのか、愛液の量が格段に増していった。

そして執拗に舐めてはヌメリをすすり、彼は味と匂いを貪り尽くして顔を引き離した。

さらに怜奈の両脚を浮かせ、白く丸い尻の谷間に迫ると、薄桃色の可憐な蕾がひっそり閉じられていた。鼻を埋め込むと、微かに蒸れた熱気が感じられるが、やはり匂いはなく、彼は舌を這わせて襞を濡らし、ヌルッと潜り込ませた。

「あう……！」

怜奈が呻き、キュッと肛門で舌先を締めつけてきた。

澄夫は舌を蠢かせ、滑らかな粘膜を探ってから、再び彼女の脚を下ろして愛液が大洪水になっている割れ目に戻った。

クリトリスを舐めると、

「も、もうダメ、変になりそう……」

怜奈が哀願するように言った。

「い、入れても大丈夫かな……」

彼は顔を上げて訊いた。

怜奈の実際の年齢が、何十歳か何百歳か知らないが、ペニスを受け入れるのは初めてだろう。

「いいわ、何でもして……」

すると怜奈が答え、あるいは人の男女のすることぐらい知識として得ているのかも知れない。

澄夫は身を起こして股間を進め、急角度にそそり立った幹に指を添えて下向きにさせ、先端を濡れた割れ目に擦りつけながら位置を探った。

そしてグイッと押しつけると、ヌメリに合わせ、張り詰めた亀頭が落とし穴にでも嵌(は)まり込むようにヌルッと潜り込んだ。

「アア……」

怜奈が眉(まゆ)をひそめて喘いだが、拒んではいない。彼もそのままヌルヌルッと一気に根元まで挿入してしまった。

熱いほどの温(ぬく)もりと大量の潤い、心地よい肉襞の摩擦ときつい締めつけが彼を包み込んだ。

澄夫は暴発を堪(こら)えながら股間を密着させ、初体験の感激と感触を味わい、脚を伸ばして身を重ねていった。すると怜奈も、破瓜(はか)の痛みに奥歯を噛(か)み締めて息を詰めながら、下から両手を回してしがみついてきた。

「痛い？」

「大丈夫……」

気遣って囁くと、怜奈が薄目で彼を見上げながら健気(けなげ)に答えた。

のしかかった彼が胸で乳房を押し潰(つぶ)すと心地よく弾み、動かなくても膣内の息づくような収縮が心地よくペニスを刺激してきた。動けばすぐ果ててしまうことが分かっていても、彼は快感に突き動かされ、徐々に腰を遣いはじめた。

潤いが充分なので、すぐにも律動がヌラヌラと滑らかになり、彼もいったん動くとあまりの快感に腰が止まらなくなってしまった。

それに怜奈も、初回から絶頂に達するとは思えないので、長引かせることもないだろう。

澄夫は上から唇を重ね、磯の香りの吐息を嗅ぎながら舌をからめ、次第にリズミカルに股間を突き動かした。

恥毛が擦れ合い、コリコリする恥骨の感触も伝わり、彼は急激に絶頂に達していった。

「い、いく……！」

突き上がる大きな快感に口走り、そのときばかりは気遣いも忘れ、股間をぶつけるように激しく動いてしまった。同時に、熱い大量のザーメンがドクンドクンと勢いよくほとばしると、

「アアッ……、あ、熱いわ、気持ちいい……！」

噴出を感じた怜奈も収縮を強めて喘ぎ、ガクガクと狂おしい痙攣(けいれん)を開始したのである。あるいは彼の快感が伝わり、彼女も一緒になってオルガスムスが得られたのかも知れない。

中に満ちるザーメンで、さらに動きが滑らかになり、彼は快感を噛み締めながら、心置きなく最後の一滴まで出し尽くしてしまった。

すっかり満足しながら徐々に動きを弱めていくと、

「ああ……、溶けてしまいそう……」

怜奈も声を洩らし、満足げに肌の強ばりを解いて、グッタリと身を投げ出していった。

澄夫も完全に動きを止めると、まだ息づく膣内でヒクヒクと過敏に幹を震わせ、熱い磯の香りの吐息を間近に嗅ぎながら、うっとりと快感の余韻に浸り込んでいったのだった。

（とうとう初体験をしたんだ。人の女性ではないけれど……）

彼は荒い呼吸を繰り返しながら思った。しかし人ではないとはいえ、別にジュゴンとセックスしたわけではなく、見た目は若い美女なのだから初体験の感激に変わりはなかった。

「痛くなかった？　強く動いてしまったけど」

「ええ、途中からすごく気持ち良くなってきたわ……」

囁くと、怜奈も息を弾ませて答えた。

あるいは体液を交換し、互いの気持ちが感応するようになっているのかも知れない。

あまり長く乗っているのも悪いので、やがて澄夫はそろそろと身を起こして股間を引き離し、怜奈の割れ目を覗(のぞ)き込んでみたが、特に破瓜の出血も認められなかった。

そのまま澄夫がゴロリと横になると、入れ替わりに怜奈が身を起こして彼の股間を覗き込んできた。

「これが入ったのね」

怜奈が熱い視線を注ぎ、満足げに萎(な)えかけている幹に指を這わせてきた。

「あう……」

生まれて初めて人に触れられ、彼はビクリと反応して呻いた。

怜奈も遠慮なく幹を撫(な)で、まだ愛液とザーメンにまみれている亀頭に触れ、その刺激で彼自身はムクムクと回復してしまった。

まだ射精直後だが、自分でするオナニーでさえ続けてすることも珍しくないのだ。まして超美女に触れられ、しかも不思議な力も漲っているので、たちまち彼はピンピンに勃起してしまった。

「硬くて大きいわ。ふうん、こうなっているの。これが私にピッタリ嵌まるようになっているのね」

怜奈は好奇心いっぱいに言いながらいじり回し、陰嚢にも触れてコリコリと睾丸を転がし、袋をつまみ上げて肛門の方まで覗き込んだ。

美女の熱い視線と息を股間に感じ、もう彼は続けて射精しなければ治まらないほど興奮を甦らせてしまった。

すると怜奈が、いきなり彼の両脚を浮かせて尻の谷間に迫ってきたのだ。

股間と肛門まで美女に見られ、澄夫は気恥ずかしさと激しい興奮に幹を小刻みに震わせた。

「ここ、気持ち良かったわ」

怜奈が言って舌を伸ばし、チロチロと肛門を舐め回し、自分がされたようにヌルッと潜り込ませてきたのである。

「あう……！」

澄夫は妖しい快感に呻き、モグモグと味わうように肛門で美女の舌先を締めつけた。彼女が熱い鼻息で陰嚢をくすぐりながら、内部で舌を蠢かせると、まるで内側から刺激されるように勃起したペニスがヒクヒクと上下した。

やがて怜奈が舌を引き離し、脚を下ろすと、今度は鼻先にある陰嚢に舌を這わせてくれた。

二つの睾丸が転がされ、袋全体が生温かな唾液にまみれた。

ここも、普段はいじらないが実に感じる部分で、彼は股間に美女の熱い息を受けながら腰をくねらせた。

さらに怜奈が前進し、そのまま肉棒の裏側をゆっくりと舐め上げてきたのだ。

滑らかな舌先が先端まで来ると、新たな粘液の滲（にじ）む尿道口をチロチロと舐め、張り詰めた亀頭にもしゃぶりついた。

そのままスッポリと喉（のど）の奥まで呑（の）み込まれると、

「アア……」

澄夫は、生温かく濡れた口腔（こうこう）に快感の中心部を包まれて熱く喘いだ。

怜奈も幹を丸く締めつけて吸い、熱い鼻息で恥毛をそよがせながら、口の中ではクチュクチュと満遍なく舌をからみつかせた。

「ああ、いきそう……」

澄夫は急激に高まって喘ぎ、今までは妄想でしかなかった憧（あこが）れのフェラチオをされて絶頂を迫らせた。

しかし怜奈は一向に愛撫をやめないので、彼も無意識にズンズンと股間を突き上げはじめてしまった。

「ンン……」

喉の奥を突かれ、怜奈は小さく鼻を鳴らしながらも、合わせて顔全体を小刻みに上下させ、強烈な摩擦を繰り返してくれた。

「い、いく……、アアッ……！」

とうとう澄夫は二度目の絶頂に全身を貫かれて喘ぎ、それこそ彼女が言ったように溶けてしまいそうな快感に身悶えた。同時に、立て続けの二度目とも思えない大量の熱いザーメンが、ドクンドクンと勢いよくほとばしり、怜奈の喉の奥を直撃した。

「ク……」

噴出を受け止めて小さく呻いたが、怜奈も吸引と摩擦、舌の蠢きを続行してくれた。

「ああ……、気持ちいい……」

澄夫は喘ぎ、射精快感と同時に、美女の口を汚すという禁断の快感も味わいながら、最後の一滴まで出し尽くしてしまった。

彼は深い満足に包まれながら突き上げをやめ、グッタリと四肢を投げ出すと、怜奈も動きを止め、亀頭を含んだまま口に溜まったザーメンをコクンと一息に飲み干してくれた。

「あう……」

喉が鳴ると同時に口腔がキュッと締まり、彼は駄目押しの快感に呻き、ピクンと幹を震わせた。

「美味しいわ。白子よりもずっと」

怜奈がチュパッと口を離して言い、なおも余りを絞るように幹をしごいた。

そして尿道口に脹らむ白濁の雫まで、チロチロと丁寧に舐め取ってくれたのだった。

「く……、も、もういい、ありがとう……」

澄夫はクネクネと腰をくねらせて言い、降参するようにヒクヒクと過敏に幹を震わせた。

ようやく怜奈も舌を引っ込め、チロリと舌なめずりしながら添い寝してきたので、彼も甘えるように腕枕してもらった。

「生きた人の種ね。とっても美味しかった」

　彼女が熱い息で囁き、澄夫は温もりと匂いに包まれながらうっとりと快感の余韻を味わった。怜奈の吐息にザーメンの生臭さは残っておらず、さっきと同じ淡い磯の香がしているだけだった。

4

「あれえ、どうしたんだ一体。やけに張り切ってるなあ」

　翌日、また澄夫が作業に加わっていると、他の人たちが彼を見るなり驚いて言った。

　確かに澄夫は、足手まといの昨日とは動きがまるで違い、重い資材も一人で担いでテキパキと働いているのである。

（やはり、人魚の体液の力かな……）

　澄夫は思い、自分でも身体（からだ）が軽く、そして無駄なく力強く動けることに驚いていたのだった。

　昨夜あれから、彼は二度の射精を怜奈の膣と口にしてぐっすりと眠り、怜奈も海へ帰ると言って去っていったのである。

今朝起きたとき、昨夜の出来事は夢かとも思ったが、彼は心地よい余韻に包まれていたし、怜奈の感触も細部まで覚えていた。そして怜奈も、また必ず会いに来ると約束してくれたのである。

（とにかく、初体験をして大人になったんだ……）

澄夫の気持ちは浮かれ、胸は弾んでいた。

色白で小太りの肉体に変化はないが、すでに力仕事はベテランの連中にも引けを取っていなかった。

やがて昼休みになり、また美沙子と亜由の母娘が食事と飲み物を持ってきてくれ、一同は昼食にした。

すると、そこへ亜由の先輩である、四年生の河北真綾が顔を出してきた。

真綾は二十三歳、たまに古典サークルにも顔を出すが、本来は水泳部のホープで有名だった。

もうキャプテンは引退し、卒業後もコーチとして大学に残ることが決まり、全国大会優勝経験があり、一時はオリンピック候補にもなったというアスリートである。

短髪長身で、実に見事に引き締まったプロポーションをした美形だった。

真綾はタンクトップに短パン姿、小麦色の肌をし、さすがに肩も腕も逞しく、スラリとした脚も筋肉質で魅惑的である。

ただ真綾は、サークルで澄夫と会っても、運動の苦手な彼をどこか軽んじている様子だった。やはり彼女は、逞しいスポーツマンが好みで、そうした男とばかり付き合ってきたのだろう。

亜由は、そんな颯爽たる真綾を慕い、来訪に有頂天になっていた。

「ね、今日は暑いからあとで泳ぎましょう」

「ええ、でも水着は持ってきていないから」

「私のを使うといいわ。あとでボートも出しましょう」

二人は、真綾の差し入れで食事しながら話し合っていた。

澄夫も目の隅で、可憐な亜由と美しい真綾を見ながら、あれこれ裸体を想像して股間を熱くさせてしまった。

やはり怜奈の肉体を知ると、他の女性の割れ目や感触の想像もやけにリアルになっていたのだ。

やがて昼食を終えると、美女二人は水着に着替えに別荘へと行き、澄夫たちも午後の作業に取りかかった。

澄夫も懸命に働き、キットを組み立てるように海の家は二日目でそれなりの形になっていった。床に畳表を敷き、シャワー室と小さなキッチン、簡易トイレなどの設置も済み、順々に屋根も取り付けられ、今夕にも完成、明日から利用できる勢いだった。

やがて可憐な水着姿の亜由が出てきて、ボートを出して乗り込んでいった。着衣と違い、水着だと膨らみかけた乳房の形もはっきり分かり、色白の肌も実に健康的だった。

真綾は、合う水着でも選んでいるのか、少し遅れているようだ。

澄夫も亜由のムッチリした太腿(ふともも)を瞼(まぶた)に焼きつけ、なおも作業に没頭した。自在に動ける肉体が嬉(うれ)しく、昨日と違い全く疲労も感じないのである。

そこへ真綾が艶めかしいタンクトップとホットパンツ姿で下りてきたのと、沖合で亜由の悲鳴が聞こえたのが同時だった。

「え？　溺(おぼ)れてる……？」

真綾が表情を引き締めて沖を見たので、澄夫も驚いて目を遣(や)った。

すると沖合に無人のボートが漂流し、岩場の向こうで亜由がもがいているではないか。

どうやらボートで岩場へ降りようとして脚を滑らせ、岩で傷ついて落下、そのまま潮流に流されたようである。

いち早く真綾が走り出して波に身を投じ、クロールで泳ぎはじめた。

作業の人たちは、ドリルを使い、その音で事態には気づいていないようだ。

（澄夫、飛び込んで。早く！）

と、そこへいきなり怜奈の声が耳の奥に響いてきた。

（で、でも僕は泳げ……）

（私がいるから大丈夫。あの人だけでは無理だわ！）

怜奈の切迫した声に突き動かされ、澄夫もサンダルを脱ぎ捨てて波打ち際まで走り、海中に躍り込んでいった。

すると、すぐに水中で手を握られ、彼は猛烈な速さで沖合へと引っ張られていった。

見ると怜奈が彼の手を引き、長い髪をなびかせて泳いでいた。水中で、陽射しに煌（きら）めく泡が勢いよく後方へと流れてゆく。

潜水していても苦しくなく、恐る恐る怜奈の下半身を見ると、それは完全に尾ひれのついた魚ではないか。

テグスにからまっていたときは三十センチばかりだったが、それは人の目を欺くため小ぶりに変身していたのかも知れず、これが海の中にいる本来の怜奈の姿のようだった。

滑らかに下半身が躍動して尾ひれが上下し、彼が波の上を泳いでいる真綾を追い越すと、

「え……？」

真綾の驚きの声が一瞬聞こえ、すぐ後方へと過ぎ去っていった。

そして前方に激しい泡立ちが見え、すぐにも澄夫は怜奈に引っ張られてそこへ到着した。

すでに亜由は、力尽きて底に沈みかけている。

見ると岩で傷ついたか、太腿から血が滲んでいた。

怜奈が亜由を抱え上げ、唇を重ねて空気を送りながら水面から顔を出すと、澄夫も慌てて亜由の身体を支えた。怜奈の手が離れても、澄夫は無意識に立ち泳ぎで身体が自在に動いた。

最初から水への恐怖も感じられず、この分なら一人でいくらでも泳げそうな気がしてきた。

（大丈夫、すぐ息を吹き返すわ）

怜奈のテレパシーが頭の中に響き、とにかく澄夫は仰向けになり、その上に亜由を寝かせ、互いに背泳ぎで浜に向かった。その彼の真下に怜奈が、二人を乗せたまま運んでくれていた。

そこへ、真綾が追いついてきた。

「亜由は大丈夫？」

「ええ、それほど水を飲んでいないでしょう。とにかく浜へ」

澄夫が答えると、真綾も亜由を支えながら背泳ぎで併走した。

「どうして、私の方が先に飛び込んだのに……」

「潜水は得意なんです」

真綾が疑問を口にし、澄夫が言っても信じられないようだった。もちろん真綾は、怜奈の存在には全く気づいていない。

澄夫は、自分の上に仰向けになっている亜由の感触に勃起しそうになった。

何しろ亜由の丸い尻が、彼の股間に密着して弾んでいるのである。

しかも水着だから素肌も多く押しつけられ、澄夫にとっては初めて触れる人の女性であった。

5

「これで、傷口を縛ってください」

立てる場所まで来ると、澄夫は亜由を背負い、短パンのポケットから出したハンカチを、一緒に上がってきた真綾に渡して言った。

「え、ええ……」

ホームグラウンドである水辺で指図されながらも、真綾は素直に受け取り、亜由の右太腿の傷にハンカチを巻いて縛った。

すると背負われたまま亜由が身じろぎ、少しだけ水を吐いた。その生ぬるい海水が首筋から胸と腹に伝い、彼の股間にまで流れてきた。

同時に亜由が咳(せ)き込み、ようやく荒い呼吸を繰り返すようになった。

澄夫は肩越しに、美少女の甘酸っぱい吐息を感じながら懸命に勃起を抑え、ようやく浜に上がってきた。

彼の背中には柔らかな乳房が密着し、両手には太腿の感触、腰にはコリコリする恥骨の膨らみまで伝わってきた。

その頃になるとさすがに作業の連中も気づいて澄夫たちを迎え、誰かが報せたか、美沙子も驚いて浜に下りてきていた。

「亜由！　大丈夫？」

「ええ、ママ、ごめんなさい……」

美沙子が駆け寄って言うと、亜由も澄夫の背からはっきりと答えた。

「二人が助けてくれたのね」

「いえ、私は何もしてないです。全部水野君が」

美沙子が言うと、真綾は正直に答え、やがて自分で降り立った亜由を支えた。

「水も吐いたので大丈夫と思いますが、傷があるので私の車で病院に運びます」

真綾が言い、澄夫と二人で亜由を支えながら道路に上がり、別荘の門の中に停めてある彼女の車に運んだ。

「私も一緒に行くわ」

「ううん、ママ、大丈夫。すぐ帰ってくるし、途中でラインするから」

亜由も、すっかり血色を取り戻して美沙子に答え、車に乗り込んだ。すると美沙子も亜由の肩にタオルを掛け、真綾も車にあった上着を羽織った。

「水野先輩、どうもありがとう」

亜由が澄夫に頭を下げて言い、やがて真綾は車をスタートさせた。

「ああ、心配だわ……」

「大丈夫です、すぐ戻ってくるでしょう」

車を見送って呟く美沙子に言うと、彼女はあらためて澄夫に頭を下げた。

「本当に、ありがとうございました」

「いいえ、あとは真綾さんに任せて、安心して待機していてください」

澄夫は答え、また浜へと戻っていった。

すると無人のボートが流れ着いてきたので、澄夫はロープを引っ張って浜に上げ、岩場に結びつけた。どうやら沖合に流されたボートも、怜奈が持ってきてくれたのだろう。

「あんた、すごいな」

作業の人たちが感心して言い、澄夫も照れながら夕方まで皆と作業をしたのだった。

丸二日間で海の家も完成したので、それで作業は終了し、連中は引き上げていった。あとは美沙子たちが、食器類などを運び込むだけである。

澄夫は別荘へ行って、美沙子に挨拶した。

「亜由から電話が入りました。声は元気なのだけど、傷の様子を見るので、今夜は病院に一泊するようです」

美沙子が言い、すっかり安心した様子だった。

「そうですか、それなら良かった。真綾さんが一緒なら安心でしょう」

「ええ、どうか中へ」

強くすすめられ、澄夫も別荘に入った。

海に浸かってシャツも短パンも湿ったまま作業していたので、やはり早くシャワーが浴びたかったのだ。

「じゃ、急いで洗って乾燥するので、洗濯機に入れておいてください」

美沙子が脱衣所に案内してくれ、洗濯機に洗剤をセットし、説明してキッチンへ戻った。

澄夫は全裸になり、脱いだものを全て洗濯機に入れて、言われた通りスイッチを入れておいた。

熟れた美沙子や可憐な亜由の脱いだものでも嗅げないものかと見てみたが、洗濯機に入っていたのは僅かなタオル類だけだった。

まあマンションが近いので、こちらで洗濯するものなど僅かなのだろう。

それでも洗面台にある、美しい母娘の歯ブラシだけそっと嗅いでしまったが、ほとんど無臭だった。

やがて広いバスルームに入ってシャワーを浴び、髪と身体を洗って放尿までしてしまった。

そして用意されたタオルで身体を拭くと、どうやら夫のものらしい甚兵衛が置かれていたので、それを着て脱衣所を出ると夕食の仕度が調っていた。

「すみません、ご馳走になります」

「いいえ、亜由に万一のことがあったらと思うと、いくらお礼をしても足りないぐらいだわ」

美沙子が言い、彼も食卓に着いた。

「ビールは?」

「いいえ、あまり飲めないので、ほんの少しだけ」

「じゃ私と二人で一本飲みましょう」

美沙子が言って瓶ビールを開け、グラスに注いで乾杯した。テーブルには、チキンやサラダ、シチューなどが並び、澄夫は美熟女と差し向かいでも、思っていたほど緊張もせず、味わうことができた。

「ね、どうか泊まっていってください。明日の昼前には亜由が戻ってくると思うのだけど、それまでは不安で」

すでに、通いのお手伝いの人も帰ってしまい、美沙子一人だけのようだ。

それで亜由のいない寂しさもあり、澄夫に言ったのだろう。

「い、いえ、そんな……」

「どうかお願いします。乾燥が終わるまでには時間もかかるので」

強く言われ、澄夫も少し妖しい期待を抱きながら曖昧に頷き、とにかく腹を満たした。

「澄夫さんは、付き合っている彼女はいるの？」

次第に美沙子は、打ち解けた口調になって訊いてきた。

「いません、今まで一人も。見た通りダサいですから」

「でも、今日は真綾さんが感心するほど逞しいところを見せたでしょう」

「あれは、とにかく夢中だったもので」

「さっき電話で、少し真綾さんとも話したの。自分も泳ぎが得意だから夢中で助けに行ったけど、しがみつかれたらどうなっていたか分からないって。あなたがいたから、とっても助かったって言っていたわ」

「そうですか。本当に運が良かったんです」

澄夫は、美沙子の熱っぽい眼差しを受けながら答え、食後に出された紅茶で喉を潤した。

「それで、まだ本当に女性のことを何も知らないの？」

美沙子が、話を戻して言った。

「え、ええ、もう二十歳なのにみっともないですね……」

股間を熱くさせながら答えると、美沙子が立ち上がった。

「じゃ、寝室に案内するわね」

言って促すので、澄夫も従ったのだった。

第二章　美熟女の巨乳は悶え

1

「ね、お願いがあるのだけれど……」

寝室に案内した美沙子が、意を決したように澄夫に言った。

客間は二階らしいが、どうやらここは階下にある美沙子の寝室のようで、その証拠に室内には生ぬるく甘ったるい匂いが立ち籠めていた。

セミダブルのベッドに化粧台、作り付けのクローゼットがあるだけのシンプルな寝室である。

「ええ、何ですか……」

「私が女のことを教えてもいいかしら」

美沙子が言い、澄夫はとうとう激しく勃起してきてしまった。

何しろ、こんな美しく熟れた人妻に、セックスの手ほどきされるのが長年の夢だったのだ。

「ううん、娘の命の恩人というだけでなく、一度でいいから無垢な男の子としてみたかったの。真面目で絶対に秘密の守れる人と……」

「ぜ、絶対に秘密は守りますので」

言われて、澄夫も勢い込むように答えた。

「そう、いいのね。じゃ脱いで待ってて。急いでシャワー浴びてくるので」

美沙子が言って寝室を出ようとするので、彼は慌てて押しとどめた。

「ま、待ってください。僕からもお願いが……」

「なに？」

「今のままでいいです。シャワーは後回しで」

「まあ、そんなに待てないの？」

「それもあるけど、初めてなので、女性のナマの匂いを知りたい気持ちが長年」

「だって、ゆうべ入浴したきりだわ。今日は、何しろ亜由の連絡待ちで気が気でなくて、何もできなかったから……」

「それでいいです。どうか今のままでお願いします」

彼は懸命に言いながら、思い切って手を引いて美沙子をベッドの方まで導いていった。

「し、知らないわよ。あとから汗臭いから急いで浴びてこいなんて言っても、勢いがついたら止まらなくなるから……」

美沙子も勢いに押され、諦めながら言ってくれた。

「そんなこと決して言いませんので」

「そう……、分かったわ。じゃ脱ぎましょうね」

彼女が言って寝室の灯りを消し、枕元のスタンドだけにした。

そして美沙子がブラウスのボタンを外しはじめると、彼も手早く甚兵衛を脱ぎ去り、先に全裸でベッドに横になった。

枕には、やはり美沙子の匂いが沁みついていて鼻腔が刺激された。

見ていると、いったん脱ぎはじめた美沙子はもうためらいなく、ブラウスを脱いでスカートを下ろし、背を向けて白い下着姿になった。

ブラを外すと白く滑らかな背中が露わになり、最後の一枚を下ろしていくと白く豊満な尻が突き出された。

澄夫は胸を高鳴らせて見つめ、本当に今初めて初体験をするようなときめきに包まれた。

やがて一糸まとわぬ姿になった美沙子が、向き直ってベッドに上がってきた。

生ぬるく甘ったるい匂いを揺らめかせ、優雅に横になると、

「いいわ、好きにして……。してみたいことが山ほどあるでしょう……」

囁きながら身を投げ出してくれた。

アップにした黒髪が白い枕に映え、肌は透けるように白く、なんとも豊かな巨乳が息づいていた。

澄夫は息を震わせながら、甘えるように彼女の腕をくぐり、腕枕してもらいながら肌を密着させていった。

スベスベの腋の下に鼻を埋めると、濃厚に甘ったるい汗の匂いが沁みつき、鼻腔への刺激が胸に広がり、さらにペニスに伝わってきた。

「いい匂い……」

「ああ、恥ずかしいわ。でも本当のようね……」

思わず言うと、美沙子は羞恥に声を洩らしながらも、肌に触れるペニスの硬度で、彼が悦(よろこ)んでいることを察したようだった。

澄夫は美熟女の体臭で胸を満たしながら、目の前で息づく巨乳に、そろそろと手を這わせていった。

手のひらに余る膨らみをぎこちなく揉み、指の腹で乳首を探ると、

「アアッ……！」

美沙子が熱く喘ぎ、うねうねと熟れ肌を悶えさせはじめた。

おそらく、社長として忙しい夫とは長くしておらず、相当に欲求が溜まっているのだろう。

充分に腋の下を嗅いでから彼は移動し、仰向けの美沙子にのしかかるようにしながら、片方の乳首にチュッと吸いつき、舌で転がした。

「ああ、いい気持ち……」

美沙子が喘ぎながら、優しく彼の髪を撫で回した。

澄夫は左右の乳首を交互に含んで味わい、顔中を柔らかな膨らみに押しつけて感触を堪能（たんのう）した。

そして昨日怜奈にしたように、滑らかな熟れ肌を舐め降りていった。

臍は四方から均等に肌が張り詰めて形良く、鼻を埋め込むと淡く甘ったるい汗の匂いが籠もっていた。

この汗の匂いは、怜奈からは感じられなかったものだ。

下腹も顔を押しつけると心地よい弾力があり、澄夫は股間を避（よ）けて腰の豊満なラインから脚を舐め降りていった。

同じ愛撫の順序でも、やはり怜奈とは反応が異なり、初めて人の女性に触れた澄夫は新鮮な悦びと興奮に包まれた。

エステにでも行っているのか、太腿も脛も全てスベスベで体毛はなく、実に滑らかな舌触りだった。

足首まで行って足裏を舐め、形良く揃った指にも鼻を埋め込んで嗅いだ。

サンダル履きが多いので、ちりばめられた爪にも赤いペディキュアが塗られている。指の間に鼻を押しつけると、そこは生ぬるい汗と脂にジットリ湿り、蒸れた匂いが濃く沁みついていた。

これも、やはり年中海中にいた怜奈にはないナマの匂いだった。

彼は美熟女の脚に沁みついた、ムレムレの匂いを貪って鼻腔を刺激され、爪先にしゃぶりついて順々に指の股に舌を割り込ませて味わった。

「あう、ダメ、汚いのに……」

美沙子が、驚いたようにビクリと反応して呻いた。

それでも拒まず次第に朦朧となって、ペットにでも悪戯されている感覚に近くなっているのかも知れない。

澄夫は両足とも、蒸れた味と匂いを貪り尽くした。

「どうか、うつ伏せに……」

いったん顔を上げて言い、美沙子の脚を捻ると、彼女も素直にゴロリと寝返りを打ってくれた。

昨夜の怜奈のときは、あまりの興奮で気が急いていたが、今回は生身の女性を少しでも味わいたかったのだ。彼は美沙子の踵からアキレス腱、脹ら脛から汗ばんだヒカガミ、太腿から豊かな尻の丸みを舐め上げていった。

早く尻の谷間を見たいのを我慢し、腰から滑らかな背中を舐め上げていくと、ブラの跡は汗の味がした。

「アアッ……！」

背中はくすぐったいようで、美沙子が顔を伏せて喘いだ。

あるいは、御曹司の夫は指の股や背中まで丁寧に舐めないのかも知れない。

そして美沙子も、若い彼がすぐにも挿入してくると思い、それでシャワーを浴びていなくても許してくれたのではないか。

まあ一緒に暮らすようになれば、そう年中隅々まで愛撫しないだろうが、最初の頃は舐めない部分などないほど貪り尽くすものだろう。

澄夫は美沙子の肩まで行って、甘い匂いの髪に鼻を埋めた。

さらに掻き分け、耳の裏側の蒸れた湿り気も嗅いで舌を這わせると、また背中を舐め降りていった。

うつ伏せのまま股を開かせて腹這い、いよいよ目の前に迫った豊満な尻に向かった。

指でムッチリと谷間を広げると、奥には薄桃色の可憐な蕾がひっそりと閉じられ、彼はその美しさに魅せられた。単なる排泄器官の末端が、どうしてこんなにも可憐で清らかでなければいけないのだろう。

蕾に鼻を埋め込むと、顔中に弾力ある双丘が密着し、まるで搗きたての餅に顔を包まれたようだった。

細かな襞の息づく蕾には、蒸れた汗の匂いが籠もり、彼は充分に貪ってから舌を這わせた。チロチロとくすぐるように舐めて襞を濡らし、ヌルッと潜り込ませて滑らかな粘膜を味わうと、

「あう、ダメ……！」

美沙子が呻き、反射的にキュッと肛門で彼の舌先を締めつけてきた。

あるいはここも、夫に舐めてもらっていないのではないだろうか。

澄夫は舌を蠢かせ、微妙に甘苦い粘膜を執拗に探った。

ようやく顔を上げ、再び彼女の脚を浮かせると、美沙子も尻を庇うようにすぐに寝返りを打ち、また仰向けに戻っていった。

その片方の脚をくぐり、彼は開いた股間に顔を割り込ませた。

そして量感ある内腿を舌でたどり、神秘の中心部に目を凝らした。

ふっくらした丘には黒々と艶のある恥毛が茂っているが、やはり水着になるためか左右がカットされているのだろう。恥毛は丘の中心部で僅かに煙っているだけだった。

割れ目は肉づきが良く丸みを帯び、濡れた花びらがはみ出していた。

（とうとう、本当に人間の女性の股間にたどりついたんだ……）

彼は興奮の中で思いながら、そっと指を当てて左右に広げようとするとヌルリと滑り、さらに奥へ当て直して開いた。

陰唇がハート型に開かれると、綺麗なピンクの柔肉はヌメヌメと大量の愛液に潤い、かつて亜由が産まれ出てきた膣口が花弁状に襞を入り組ませ、妖しく息づいていた。

ポツンとした尿道口もはっきり確認でき、包皮の下からは小指の先ほどのクリトリスが光沢を放ち、ツンと突き立っていた。

2

「アア、そんなに見ないで……」

若い男の熱い視線と息を感じ、美沙子が腰をくねらせて喘いだ。

澄夫も顔を埋め込み、柔らかな茂みに鼻を擦りつけて嗅ぐと、やはり怜奈とは違う熱気と湿り気が籠もり、汗とオシッコが混じって蒸れた匂いが濃厚に鼻腔を搔き回してきた。

「いい匂い」

「あう……！」

嗅ぎながら思わず言うと、美沙子が羞恥に呻き、キュッときつく内腿で彼の両頰を挟みつけてきた。

澄夫は悶える豊満な腰を抱え、匂いに噎せ返りながら舌を這わせていった。

クチュクチュと膣口の襞を搔き回すと、やはりヌメリは淡い酸味を含んで舌の動きが滑らかになり、彼は味わいながら柔肉をたどり、ゆっくりとクリトリスまで舐め上げていった。

「アアッ……！」

美沙子が顔を仰け反らせて喘ぎ、顔を挟む内腿に強い力を込めた。

やはりクリトリスが最も感じるようで、チロチロと弾くように舐めるたび潤いが格段に増していった。

彼は上の歯で包皮を完全に剥き、露出した突起に吸いついて舌を這わせては、新たに湧き出すヌメリをすすった。

さらに指を膣口に押し込み、内壁を摩擦したり、ネットで知った天井のGスポットを指の腹で圧迫しながらクリトリスを愛撫すると、

「ああ、ダメ、いきそうよ、やめて……！」

ヒクヒクと白い下腹を波打たせていた美沙子が、急激に絶頂を迫らせたか、収縮を増しながらビクリと半身を起こしてきた。そして澄夫の顔を股間から追い出しにかかったので、彼もいったん素直に顔を離して添い寝していった。

やはり舌と指で早々と果てるのが惜しく、ちゃんと一つになって昇り詰めたいのだろう。

「あ、あんなに舐められたの初めてよ……、いけない子だわ……」

美沙子が荒い息遣いを繰り返し、詰るように言った。

そして入れ替わりに身を起こして、彼の股間に顔を寄せてきた。

今度は澄夫が身を投げ出し、美女の顔の前で大股開きになった。

「すごい勃ってるわ。でもツヤツヤして綺麗な色……」

美沙子が股間で呟き、そっと幹を撫でて完全に包皮を剝き、初々しく張り詰めた亀頭に迫った。

小指を立てた指で幹を支え、粘液の滲む尿道口に舌を這わせてきた。

「ああ……」

チロチロと先端を舐められ、今度は澄夫が喘ぐ番だった。

美沙子は丁寧に先端を舌で拭い、張り詰めた亀頭をくわえ、丸く開いた口にスッポリと呑み込んでいった。

根元近くの幹を締めつけて吸い、熱い息を股間に籠もらせながら、クチュクチュと舌をからめてくると、

「あう、気持ちいい……」

澄夫も呻き、生温かな唾液にまみれた幹をヒクヒクと震わせた。

すると美沙子は、たまにチラと目を上げて彼を見て、暴発しないか警戒しながら小刻みに顔を上下させはじめた。

スポスポとリズミカルに摩擦されると、彼も快感を高め、股間を突き上げながら絶頂を迫らせていった。

「い、いきそう……」

やがて彼が口走ると、美沙子もスポンと口を引き離した。

「入れたいわ。いい？」

「ええ、跨いで上から入れてください……」

彼が答えると、美沙子も身を起こして前進し、

「上になるなんて初めてよ……」

言いながらも彼の股間に跨がってきた。

そして幹に指を添え、自らの唾液にまみれた先端に割れ目を押し当て、位置を定めて息を詰めると、ゆっくりと腰を沈み込ませていった。

張り詰めた亀頭が潜り込むと、あとは重みと潤いでヌルヌルッと根元まで呑み込まれ、互いの股間がピッタリと密着した。

「アアッ……、奥まで届くわ……」

美沙子が完全に座り込み、顔を仰け反らせて言った。そして若いペニスを味わうようにキュッキュッと締めつけ、息づく巨乳を揺すった。

澄夫が両手を伸ばして抱き寄せると、彼女もゆっくりと身を重ねてくれた。

彼はしがみついて重みと温もりを受け止め、両膝を立てて豊満な尻を支えた。

互いにまだ動かず、澄夫は美熟女の温もりと感触を味わった。

もし昨夜、怜奈と体験していなかったら、挿入時の摩擦だけで、あっという間に漏らしていたことだろう。

動かなくても息づくような収縮が心地よくペニスを包み込み、彼の胸に巨乳が押しつけられて弾んだ。

「キスしたことは？」

訊かれて、澄夫は小さくかぶりを振った。

「そう、互いに全部舐め合ってからファーストキスなんて変な感じね……」

美沙子は囁き、そのまま顔を寄せてピッタリと唇を重ね合わせてくれた。

柔らかな感触と、ほんのりしたお化粧の香りが感じられた。

そして密着したまま口が開かれると、間からヌルッと彼女の肉厚の舌が侵入してきた。

澄夫も歯を開いて舌を触れ合わせると、それは生温かな唾液にまみれ、ヌラヌラと滑らかにからみついた。

「ンン……」

美沙子が舌を蠢かせて鼻を鳴らすたび、熱い息が彼の鼻腔を湿らせた。

ほのかに白粉(おしろい)に似た匂いが鼻腔を刺激し、彼は胸を満たして美熟女の唾液を味わった。

長いディープキスをしながら、徐々に彼女が腰を遣いはじめると、澄夫も股間を突き上げ、たちまち潤いで動きが滑らかになっていった。

次第に互いの動きもリズミカルに一致してゆき、溢れた愛液が陰嚢の脇(わき)を伝い流れ、彼の肛門の方まで生温かく濡らした。そしてピチャクチャと淫(みだ)らに湿った摩擦音が聞こえ、

「アア……、いい気持ちよ、すごく……」

美沙子が口を離し、唾液の糸を細く引きながら喘いだ。

綺麗な歯並びの間から漏れる熱い息は湿り気を含み、白粉の匂いに混じり、食後の濃厚な成分も悩ましく鼻腔を掻き回した。

美女の吐息の匂いだけでもすぐ彼は果てそうになったが、セーブする余裕もなく、快感で股間の突き上げが止まらなかった。

「い、いく……、アアッ……！」

たちまち澄夫は喘ぎ、大きな絶頂の快感に貫かれてしまった。

同時に、ドクンドクンと熱い大量のザーメンが勢いよくほとばしると、

「か、感じるわ、いく……、アアーッ……！」

奥深い部分を直撃され、美沙子が声を上げた。どうやら彼の激しい噴出がオルガスムスのスイッチを入れたようで、美沙子はガクガクと狂おしく熟れ肌を痙攣させた。

収縮が増すと澄夫の快感も高まり、彼は股間を突き上げながら、美女の口に鼻を擦りつけて唾液と吐息の匂いの中、心置きなく最後の一滴まで出し尽くしてしまった。

中に出して良かったのだろうかと気になったが、二十歳以上年上なのだから、彼女が拒まない限り大丈夫なのだろう。

どちらにしろ、全て注入し尽くすと、彼は深い満足の中で徐々に突き上げを弱めていった。

「ああ……、こんなに感じたの初めて……」

すると美沙子が口走り、熟れ肌の強ばりを解いて力を抜き、グッタリと遠慮なく彼にもたれかかってきたのだった。

まだ膣内は名残惜しげに収縮を繰り返し、刺激された幹がヒクヒクと過敏に膣内で跳ね上がった。

「あう、もう暴れないで……」

美沙子も敏感になっているように呻き、幹の震えを押さえつけるようにキュッときつく締め上げてきた。

澄夫は美熟女の重みと温もりを受け止め、かぐわしい白粉臭の吐息を胸いっぱいに嗅ぎながら、うっとりと快感の余韻を味わった。

いつまでも荒い呼吸と動悸が治まらず、彼は今ようやく、本当の初体験を味わった気になったのだった。

3

「もうシャワーを浴びてもいいわね……」

呼吸を整えた美沙子が言い、そろそろと身を起こし股間を引き離していった。

そしてティッシュの処理も省略してベッドを降りたので、澄夫も起き上がり、一緒に寝室を出てバスルームへと移動した。

シャワーの湯を浴びて股間と全身を洗い流すと、ようやく美沙子もほっとしたようだった。

もちろん澄夫は一回の射精で気が済むはずもなく、脂が乗って湯を弾く美熟女の肌を見るうち、すっかりムクムクと回復していった。

しかも怜奈は人間界のものではないから、澄夫にとっては美沙子が最初に味わった人の女性なのである。

どうせ今夜は二人きりなのだし、明日昼前に亜由が帰宅する前に退散すれば良いだろう。あるいは、早朝に来たふりもできるし、どちらにしろ時間はいくらでもあるのだった。

「ね、ここに立って……」

澄夫も股間を流してから、広い洗い場の床に腰を下ろして言った。

「どうするの、ここに立つの？」

すっかり平静に戻ったものの、また新たな淫気を覚えたように美沙子が言って身を起こし、座っている彼の目の前に立ってくれた。

澄夫は彼女の片方の足を浮かせ、バスタブのふちに乗せると、開いた股間に顔を埋めた。

湿った茂みに籠もっていた濃い匂いは、すっかり薄れてしまったが、舐めると新たな愛液が溢れて舌の動きがヌラヌラと滑らかになった。

「アア……」

美沙子も熱く喘ぎ、壁に手をついてフラつく身体を支えた。

「ね、オシッコ出してみて……」

「まあ、どうしてそんなこと……」

激しく勃起しながら思い切って言うと、美沙子が驚いたように尻込みして答えた。澄夫は、どうしても美女から出るものを味わってみたいのだ。

「女神様みたいに綺麗な人でも、出すのかどうか知りたいから」

「出すに決まっているでしょう。でも今は無理よ、人の顔の前でなんて」

「ほんの少しでもいいから」

彼は執拗にせがんで言っては舌を這わせ、淡い酸味のヌメリをすすり、ツンと突き立ったクリトリスに吸いついた。

「あう、ダメ、そんなに吸ったら本当に出てしまいそう……」

美沙子が声を震わせて言った。どうやら刺激で尿意が高まり、まだ快楽の余韻に朦朧としながら力が抜けてきたようだった。

豊満な腰を抱え込んで押さえながら舐めていると、やがて柔肉の奥が迫り出すように盛り上がり、味わいと温もりが変化してきた。

「あう、出るわ、離れて……」

美沙子が切羽詰まった声で言ったが、もちろん彼は顔を離さなかった。すると熱い流れがチョロチョロとほとばしり、彼の舌を濡らしてきた。

「アア……、ダメよ、信じられない……」

美沙子は息を震わせて言い、今にも座り込みそうなほどガクガクと膝を震わせたが、流れの勢いが否応なく増して彼の口に注がれてきた。

味も匂いも淡くて、やはり綺麗な女性はいつもこんな清らかなものを出しているのかと思った。

喉に流し込んでも抵抗はなく、まるで薄めた桜湯のように心地よかった。

そして勢いがつくと口から溢れた分が温かく胸から腹に伝い流れ、すっかりピンピンに勃起しているペニスが心地よく浸された。

しかしピークを過ぎると急に勢いが衰え、やがて流れが治まると、ポタポタと雫が滴るだけになったが、それにも愛液が混じり、ツツーッと糸を引くようになっていった。

彼は残り香の中で舌を這わせ、雫をすすって割れ目内部を舐め回すと、すでに大量の愛液が残尿を洗い流し、中には淡い酸味のヌメリが満ちていった。

「あう、もうダメ……」

ヒクヒクと感じていた美沙子が言ってビクリと腰を引き、足を下ろすと力尽きたようにクタクタと椅子に座り込んでいった。

それを支え、澄夫はもう一度シャワーの湯で互いの全身を洗い流した。

やがてフラつく彼女を支え起こして互いに身体を拭くと、また全裸のまま寝室のベッドへと戻っていった。

添い寝して、また甘えるように腕枕してもらうと彼女がギュッときつく澄夫の顔を巨乳に抱きすくめてきた。

「アア……、ひどいわ、あんなことさせるなんて……」

美沙子が息を震わせて言い、彼以上に興奮を甦らせ、互いにもう一回しないと治まらなくなっているようだった。

そして彼女は、そろそろと彼の強ばりに指を這わせてきた。

「すごい、さっきしたばかりなのに、もうこんなに……」

探りながら、甘い吐息で囁いた。

おそらく彼女の夫は、続けて二回などしてこなかったのだろう。

澄夫は指の愛撫に高まり、ヒクヒクと幹を震わせた。

「ね、お口でして……」

言うと、美沙子もすぐに手を離すと身を起こし、彼の股間に移動していった。

大股開きになった彼は、美熟女の鼻先で両脚を浮かせ、恥ずかしいのを我慢しながら自ら両手で尻の谷間を広げた。

「ここを舐めてほしいの？」

美沙子が股間から言った。

「嫌でなければ、ほんの少しだけ……」

「いいわ、私もしてもらったのだから」

言うと彼女も興奮を高めて息を弾ませ、チロチロと彼の肛門に舌を這わせはじめてくれた。そして自分がされたように、襞を濡らすとヌルッと舌先を潜り込ませてきたのだ。

「あう……、気持ちいい……」

彼は快感に呻き、モグモグと味わうように肛門で美沙子の舌先を締めつけた。

美沙子も熱い鼻息で陰嚢をくすぐりながら、内部で舌を蠢かせてくれた。

そのたびに勃起したペニスがヒクヒクと上下し、粘液が滲んできた。

あまり長いと申し訳ない気になるので、やがて脚を下ろすと美沙子も自然に舌を引き離し、陰囊にしゃぶりついてくれた。

二つの睾丸が舌で転がされ、たまに彼女がチュッと吸いつくと、

「あう……」

急所なので彼は呻きながら、僅かに腰を浮かせて硬直した。

そして彼女が舌を引っ込め、ペニスに身を乗り出してきたので、

「お、お願いです。少しだけパイズリして……」

思い切って言ってしまった。女神のように優しい美沙子は、何でも言うことをきいてくれそうな気がしたのだ。

「パイズリって、こう？」

彼女は言って胸を突き出し、豊かな膨らみをペニスに擦りつけ、乳首でも刺激してから、やがて谷間に挟んで両側から揉んでくれた。

「アア……、気持ちいい……」

肌の温もりと弾む膨らみに包まれ、彼は幹を震わせて喘いだ。すると美沙子は両側から手で挟みながら俯(うつむ)き、間から覗く先端に舌を這わせてくれた。

粘液の滲む尿道口がチロチロと舐められ、やがて彼女は亀頭をくわえながらパイズリをやめ、本格的に含んできた。

「ンン……」

先端に喉の奥を突かれて小さく呻き、熱い鼻息で恥毛をくすぐりながら、たっぷりと唾液を出してペニスを温かく浸してくれた。

そして舌をからめて吸いつき、顔を上下させてスポスポと強烈な摩擦を開始したのだ。

「い、いきそう……」

すっかり高まった澄夫が口走ると、すぐにも美沙子はスポンと口を離し、股間から這い出して添い寝してきた。

「いいわ、入れて。今度は上になる練習をしなさいね」

言いながら熟れ肌を投げ出してきたので、彼も身を起こして美沙子の股間に陣取り、股間を迫らせていった。

急角度に勃起した幹に指を添えて下向きにさせ、先端を濡れた割れ目に擦りつけながら位置を探った。

「もう少し下、そう、そこよ、来て……」

美沙子も僅かに腰を浮かせて誘導して言い、彼がグイッと押しつけると張り詰めた亀頭がヌルリと潜り込んだ。

あとは潤いに任せてヌルヌルッと一気に根元まで押し込むと、

「アアッ……、いいわ……！」

美沙子が顔を仰け反らせて喘ぎ、味わうようにキュッと締めつけてきた。

澄夫は滑らかな肉襞の摩擦と温もりに包まれながら、股間を密着させて感触を味わった。

すると美沙子が両手を伸ばして抱き寄せてきたので、彼も脚を伸ばして身を重ねていった。胸の下で巨乳が押し潰れて心地よく弾み、熟れ肌が吸いつくように彼を迎えた。

「突いて、強く何度も奥まで……」

美沙子が薄目で熱っぽく彼を見上げて囁き、待ち切れないようにズンズンと股間を突き上げてきた。

澄夫もぎこちなく腰を突き動かしはじめると、最初は彼女の突き上げとのリズムが合わず、何度か抜けそうになったが、次第に合わせて律動できるようになっていった。

「アア……、上手よ、とってもいい気持ち……」

美沙子が息遣いと収縮を活発にさせて喘ぎ、両手だけでなく両脚まで彼の腰に回してきた。

抜ける心配もなく動きに慣れてくると、彼は快感で腰が止まらなくなってしまった。しかし上だから動きが自由になり、危うくなると懸命に動きを弱め、また再び激しく動くような緩急もつけはじめた。

しかも、他の女性を知らないから分からないが、美沙子は大変な名器なのではないだろうか。

少しでも気を抜くと、ヌメリと締めつけでペニスが押し出されてしまいそうなので、グッと力を入れて股間を密着させていなければならない。

そして彼は上から唇を重ね、舌をからめて美熟女の唾液をすすり、甘い白粉臭の吐息に酔いしれながら、ジワジワと絶頂を迫らせていった。

いよいよ危うくなって許しを求めようとすると、

「い、いっちゃう……、アアーッ……！」

たちまち美沙子の方が先に声を上ずらせ、ガクガクと狂おしいオルガスムスの痙攣を開始してしまったのだった。

しかも澄夫を乗せたままブリッジするように身を反り返らせ、腰を跳ね上げるので、彼は暴れ馬にしがみつく思いで、抜けないよう懸命に腰をついていかせ、たちまち摩擦の中で昇り詰めてしまった。

「く……！」

突き上がる絶頂の快感に呻きながら、ありったけの熱いザーメンをドクンドクンと勢いよく内部にほとばしらせると、

「あう、出ているのね、もっと……、アアッ……！」

噴出を感じた美沙子が、駄目押しの快感を得たように口走り、キュッときつく締めつけてきた。

澄夫は快感に包まれながら、心置きなく最後の一滴まで出し尽くしていった。

そして満足しながら徐々に動きを弱めていくと、

「ああ……」

美沙子も満足げに声を洩らし、熟れ肌の硬直を解いてグッタリと身を投げ出していった。彼も完全に動きを止め、遠慮なく豊満な肌に身を預けた。

まだ膣内の収縮は続き、刺激されるたび射精直後で過敏になった幹が中でヒクヒクと震えた。

澄夫は呼吸を整え、美沙子の吐き出す甘い刺激の吐息を嗅ぎながら、うっとりと快感の余韻を味わったのだった。

あまり長く乗っていても悪いので、やがて彼はそろそろと身を起こしていくと、潤いと締めつけによりツルリとペニスが引き抜けた。

彼はそのまま、ゴロリと添い寝していった。

「ああ、良かったわ。もうシャワーも面倒なので朝にして、このまま寝てしまいましょう……」

美沙子が言い、枕元のティッシュで割れ目を処理したので、彼も横になったまま濡れたペニスを拭いた。

すると彼女が互いの身体にタオルケットを掛け、肌を密着させて優しく腕枕してくれたのだった。

「腕が痺れないですか」

「いいのよ、重い方が嬉しいのだから……」

気遣うと美沙子が答え、さすがに今日は色々あって疲れたか、澄夫も美熟女の匂いと温もりに包まれながら、心地よい脱力感の中で、たちまち深い睡(ねむ)りに落ちてしまったのだった。

4

（そうだ、泊まっちゃったんだ……）

翌朝、目を覚ました澄夫は思った。まだ日は昇っておらず、カーテンの隙間から薄明るくなった空が見えていた。

隣では、美沙子がこちら向きになって軽やかな寝息を立てている。

もう腕枕は解かれて、その無防備な寝顔を見ていると朝立ちの勢いも手伝い、また澄夫は射精しなければ治まらないほど高まってしまった。

しかも、昨夜済んだまま眠ったので、互いに全裸のままである。

美沙子は長い睫毛を伏せ、形良い唇を僅かに開き、白く滑らかな歯並びを覗かせて熱い呼吸を繰り返していた。

そっと顔を寄せて唇を重ねると、すぐに彼女の目が開かれた。

「あ、目が覚めたのね……」

美沙子はすぐ状況を把握して囁き、身を寄せている彼にあらためて腕枕してくれた。

そして暑そうにタオルケットを剝ぎ、彼のペニスに触れてきたのだ。

「すごい勢いだわ。一晩でリセットできるのね……」

「うん、もう一回したい……」

「朝からは無理よ。亜由が帰ってくるのだし、その前にもお手伝いたちが来たら海の家に運ぶものが多いのだから、したら力が抜けて動けなくなるわ」

美沙子が囁いた。湿り気ある寝起きの吐息が、白粉臭の刺激をさらに濃くして彼の鼻腔を搔き回してきた。

「じゃ指でいかせて……」

澄夫は、手のひらに包まれた幹を震わせながら言い、彼女の口に鼻を押しつけて濃厚な吐息に酔いしれた。

すると美沙子も舌を這わせ、彼の鼻の穴を舐め回し、ヌラヌラと鼻の頭まで生温かな唾液にまみれさせてくれた。

「い、いきそう……」

「いいわ、お口に出しなさい」

彼が高まって言うと、美沙子が言って身を起こし、彼の股間に顔を寄せた。

そして幹を支えながら先端を舐め、張り詰めた亀頭にしゃぶりついてきた。

「アア……、こっちを跨いで……」

澄夫が息を弾ませて言い、美沙子の下半身を引き寄せると、彼女も含んだまま身を反転させ、女上位のシックスナインで彼の顔に跨がってくれたのだ。

彼は美熟女の股間を仰ぎ、豊満な腰を抱き寄せた。

その間も、美沙子は顔を上下させてスポスポとリズミカルな摩擦を繰り返していた。

熱い鼻息が股間に籠もり、温かな唾液にまみれた彼自身は美熟女の口の中で最大限に膨張し、絶頂を迫らせていった。

彼は快感を味わいながら割れ目を指で開き、息づく膣口を見上げてクリトリスに舌を這わせた。

「あう、ダメ、集中できないわ……」

すると美沙子が口を離すと、腰をくねらせて言い、またすぐにしゃぶりついてくれた。

「はい、じゃ見るだけにしますね」

彼が言うと、美沙子も見られていることを意識して恥じらうように、ピンクの割れ目と肛門を妖しく収縮させた。

そしてズンズンと股間を突き上げながら、あっという間に澄夫は朝一番の絶頂を迎えてしまったのだった。

「い、いく……！」

大きな快感に全身を貫かれながら口走ると、同時に彼は熱いザーメンをドクンドクンと勢いよくほとばしらせた。

「ク……、ンン……」

喉の奥を直撃されながら美沙子が小さく呻き、それでも摩擦と吸引を続行してくれた。しかも射精と同時に強く吸いつくので、陰嚢から直（じか）に吸い出されているような快感に包まれた。

まるでペニスがストローと化し、魂まで吸い取られるような快感である。

どうやら美沙子は、上も下も名器のようだった。そんなに体験の多いテクニシャンとも思えないので、膣の収縮は生まれつきで、口に出されたときは無意識にそうしているのだろう。

だから彼女の意思で貪られている感が強く、うっかり美熟女の口を汚しているという禁断の思いは薄かった。それでも彼は溶けてしまいそうな快感に身を震わせ、最後の一滴まで出し尽くしていった。

「アア……」

満足しながら声を洩らし、グッタリと力を抜いて四肢を投げ出すと、ようやく美沙子も摩擦と吸引をやめ、亀頭を含んだまま口に溜まったザーメンをゴクリと飲み干してくれた。

「あう……」

嚥下とともに口腔がキュッと締まり、彼は駄目押しの快感に呻いてピクンと幹を震わせた。

見上げると、やはり視線を感じているだけでも羞恥で割れ目が濡れはじめているので、もう構わないだろうと彼も舌を這わせた。

「アッ、ダメよ、止まらなくなっちゃうから……」

美沙子が口を引き離して言い、なおも幹をしごいて余りを搾り、尿道口から滲む白濁の雫までペロペロと丁寧に舐め取ってくれたのだった。

「あうう、も、もういいです……」

過敏に反応して呻き、腰をくねらせて言うと、美沙子も舌を引っ込め、チロリと淫らに舌なめずりしながら添い寝してきた。

「ゆうべ二回も出したのに、いっぱい出たわ。さすがに若いから濃いのね」

美沙子が囁き、澄夫は巨乳に抱かれながら荒い呼吸を繰り返して余韻を嚙み締めた。してみると、多少なりとも夫のザーメンを飲んだことぐらいはあるようだった。

「海の家は完成したけど、これからも来てくれるわね？　お仕事はいくらでもあるの。それに亜由も、ちゃんとお礼を言いたいだろうし」

「ええ、そうします」

「じゃ私は先に起きるから、ゆっくりしていなさいね」

やがて美沙子が言ってベッドを降り、静かに寝室を出ていった。

彼は呼吸を整え、美沙子の残り香を感じながら身を横たえ、奥から聞こえてくるシャワーの音を聞いていた。

やがてバスルームから出たようなので、澄夫も起きて寝室を出た。

外も、そろそろ日が昇りはじめたようで、今日も暑くなりそうだった。

彼は、バスルームにほんのり籠もる美沙子の残り香の中でシャワーを浴び、放尿しながら歯を磨いた。

本当は母娘どちらかの歯ブラシを使ってしまおうかと思っていたのだが、新たな歯ブラシが洗面所に用意されていた。

やがて澄夫はバスルームを出ると、洗濯と乾燥を終えて置かれた下着とTシャツ、短パンを穿(は)いて食堂に行った。

パンと昨夜の余りのシチュー、生野菜サラダにミルクの朝食を終えると、彼は立ち上がった。

「じゃ海岸の掃除をしてきますね。皆には、今日も朝早くからバイトに来たことにしておいてください」

「ええ、分かったわ。じゃお願い」

エプロン姿の美沙子が、何事もなかったように優しい笑顔で言った。

澄夫は、こんな美女と一夜を過ごしたのだと思うと喜びとともに誇らしい気持ちでいっぱいになった。

そしてサンダルを履いて籠を担ぎ、明けたばかりの浜に出てみたが、今日もあまりゴミなどは落ちていない。

岩に縛りつけたボートが、静かな波に揺られていた。

あれから、怜奈の姿は見えなかった。

あるいは彼が人間の美女と懇(ねんご)ろになったので拗(す)ねているのではないか、そんなふうに思ったものだった。

5

「澄夫さん、本当にありがとうございました」

昼前に、真綾の車で帰宅した亜由が、熱っぽい眼差しで澄夫に言った。

いつの間にか、水野先輩から澄夫さんという呼び方に変わっている。

真綾も、あらためてこの男が自分より速く泳いで亜由を助けたのかという眼で彼を見ていた。

幸い、亜由もあまり水を飲んでおらず、岩場で傷つけた太腿の擦過傷も縫うほどではなく、手当てだけで傷跡も残らないだろうということだった。

昼まで澄夫は、お手伝いたちと一緒に別荘から海の家へ、コンロや食器、タオルの束などを運び込んでいた。

多くの知人を招くのは、月末になるらしい。

やがて一同で昼食を済ませると、今日は澄夫も、いったん引き上げることにした。もちろん亜由は、安静にして部屋で横になっていた。

「私の車で送るわ」

するると真綾が言った。澄夫のアパートまで歩いてもわけないのだが、綾香も何か話したそうだったので、彼も車に乗り込んだ。

見送りに出た美沙子と亜由に挨拶すると、真綾は車をスタートさせ、空いた道を軽やかに加速していった。

「あ、僕のアパートは」

「いいの、少し付き合って。帰りに送るから」

彼が道案内をしようとすると、遮るように真綾が言った。彼女も昨日から帰宅していないので、同じタンクトップ姿で、ほんのりと生ぬるく甘ったるい匂いが漂ってきた。

「え？　どこへ行くんです？」

「まず私のマンションに寄って着替えてから、大学のプールへ」

真綾が、軽やかにハンドルを繰りながら言う。

「プールへ？」

「明日の朝からプールの掃除と水の入れ替えがあるので、今日は誰もいないわ。私と勝負して」

真綾が前方を睨みながら、頬を引き締めて言う。

どうやら、小太りで運動音痴らしい澄夫に、得意な水の中で追い越されたのが納得いかないのだろう。

「そんな、お断りします」

「なぜ！」

彼が言うと、真綾は怒ったように彼の横顔を見て言った。

「バイトでもないのに力を使いたくないです」

「バイト代は払うわ。もし私に勝ったら、何でも言うことをきいてもいい」

そこまで言われ、澄夫は股間を熱くさせはじめた。本来なら、決して自分と縁など持たないアスリート美女である。

「もちろん私が勝っても、時給は払うので」

「じゃ前払いにしてください。先に、僕の初体験の相手になってもらいたいです」

「う……」

ストレートに言われ、真綾は息を詰めた。

「それでなければお断りです。有名な真綾さんと初体験できたらと、前から思っていたので」

「ま、まだ童貞なのね……」

言うと真綾は、今度は怒りもせず唸るように言った。

「ええ、真綾さんが思っている通り、ダサくてモテない男ですからね」

彼が自嘲気味に言うと、真綾は考え込むように黙り込んで車を走らせた。

やがて大学を少し過ぎたところで、彼女はマンションの駐車場に車を入れて停めた。

「分かったわ。入って」

真綾が降りて言い、澄夫も期待に胸を高鳴らせながら従い、マンションの五階まで上がっていった。

彼女が鍵を開けて入り、澄夫を招き入れてくれ、ドアを内側からロックした。

中は広いリビングと、あとは書斎と寝室のようだ。もっともリビングの半分は筋トレの器具が所狭しと置かれている。

「真綾さん、彼氏は？」

「別れて一年になるわ。彼が地方へ就職したので遠距離の自然消滅」

訊くと、真綾が答えた。

確かに、男が訪ねてくるような雰囲気はなく、ひたすら水泳一筋に生きているといった感じの部屋だった。

「じゃ、勝負は君が勝ったものとして、何でも好きにしていいわ。その代わり私が勝ったら、そのときは色々言いなりにさせるので」

真綾が言う。余程昨日のことが衝撃で、どんな手を使ってでも、もう一度勝負したいのだろう。

「分かりました」

「じゃ急いでシャワー浴びるから待ってて」

「いえ、今のままがいいんです」

真綾がバスルームへ向かおうとするので、澄夫は勃起しながら引き留めて言うと、彼女は目を丸くした。

「だって、昨日海に入ってから一度もシャワーを浴びてないのよ。亜由の付き添いがあったし、病院で少し身体を拭いただけ」

「ええ、初めてなので、女性のナマの匂いを知りたいものだから」

「ど、どうしても洗ったらダメ?」

「ええ、無理なら帰りますので」

彼が言うと、真綾は少しためらいながらも、埒(らち)があかぬと判断して重々しく頷いてくれた。

「わ、分かったわ。その代わり、嫌な匂いでも知らないわよ。女なんて、童貞が思ってるほど清潔なものじゃないんだから」

「ええ、濃い方が嬉しいので」

澄夫が言うと、彼女も諦めて寝室へと案内してくれた。

そこにもダンベルや腹筋台があり、あとはセミダブルのベッドが据えられているだけだった。

「じゃ脱ぎましょう。僕は朝シャワーを浴びてますので」

彼が言い、手早くTシャツと短パンを脱ぎ去り、下着も脱ぐと全裸で彼女のベッドに横になった。やはりシーツにも枕にも、アスリート美女の体臭が濃厚に沁みついていた。

真綾もタンクトップとホットパンツを脱ぎ、見事な肢体を躍動させながらブラと下着まで脱ぎ去り、甘ったるい匂いを揺らめかせながら一糸まとわぬ姿になっていった。

「あの、僕コンドーム持ってないですけど」

「大丈夫よ、ピル飲んでいるから」

彼が思いついて言うと、真綾が答えた。

やはり年中水に浸かるので、生理をコントロールしているようだ。

ナマの中出しができると思うと、澄夫の期待は高まった。

もっともコンドームをつけてのセックスはまだ体験していないが、やはり薄くても隔たりがあると、ラップ越しのキスのように味気ないものなのではないかと思うのだった。

そして、覚悟を決めたとなると真綾もためらいなくベッドに上り、潔く横になって身を投げ出してくれたのだった。

第三章　アスリート美女の蜜(みつ)

1

「あう、そんなところから……？」

澄夫は、仰向けになった真綾の足裏に屈み込んで顔を押しつけると、彼女が驚いたように言って身じろいだ。

彼は、真綾が多くの記録更新をした力強い脚に最も興味があったのだ。

さすがに足裏は大きく、揃った指も頑丈にしっかりした感じである。

舌を這わせると踵は硬く、土踏まずはやや柔らかかった。昨日は浜に出たが、もう砂などは残っていない。

逞しい指の間に鼻を割り込ませて嗅ぐと、そこはやはり生ぬるい汗と脂にジットリ湿り、ムレムレの匂いが濃厚に沁みついていた。

案外ブーツなどの密閉された履き物より、サンダルのようなものでも充分すぎるほど指の間は蒸れるのかも知れない。

澄夫は悩ましい匂いで鼻腔を刺激されながら貪り、爪先にしゃぶりついて順々に指の股に舌を潜り込ませて味わった。

「あう……、何してるの……！」

真綾がビクリと反応し、咎めるように言ったが、何でも好きなようにと約束した手前、拒みはしなかった。

どうやら真綾の元彼も、シャワーを浴びる前の爪先など舐めない男のようだ。

澄夫は全ての指の股をしゃぶり、もう片方の足指も味と匂いを貪り尽くしてしまった。

そして彼女を大股開きにさせ、脚の内側を舐め上げていった。

表面はスベスベで心地よい弾力が感じられるが、その内部には強靭な力が秘められているのだろう。

内腿はムッチリと張りがあるが、やはり美沙子とは違い、内部には荒縄でもよじり合わせたような筋肉が感じられた。

内腿に舌を這わせて股間に迫ると、水着からはみ出さないよう手入れしているのか、恥毛は丘にほんのひとつまみ煙っているだけだ。そして割れ目からはみ出した陰唇は、すでに内から滲む愛液に潤いはじめていた。

やはり、するとなると彼女も期待と興奮を感じているのだろう。

陰唇に指を当て、左右に広げると中は綺麗な柔肉で、襞の入り組む膣口が濡れて息づいていた。

ポツンとした尿道口もはっきり見え、そして包皮を押し上げるように勃起したクリトリスは、実に親指の先ほどもある大きなものだった。

幼児の亀頭のようにツヤツヤとした光沢を放ち、何やらこの大きなクリトリスが、ボーイッシュで力強い真綾の力の源のように思えた。

さらに両脚を浮かせて尻に迫ると、谷間に閉じられたピンクの蕾は、まるでレモンの先のように僅かに突き出た艶めかしい形状をしていた。

これも過酷な練習で、年中力んでいるせいなのだろうか。

とにかく颯爽と美しい真綾の水着姿からは、この大きなクリトリスとレモンの先のような肛門は、誰も想像がつかないだろう。

彼は先に尻の谷間に鼻を埋め、突き出た蕾に籠もった匂いを貪った。

蒸れた汗の匂いに生々しい微香も混じり、彼は鼻腔を刺激されながら胸を満たし、舌を這わせて息づく襞を濡らした。

そしてヌルッと潜り込ませて滑らかな粘膜を味わうと、

「あう……！」

また真綾が驚いたように呻き、キュッと肛門で舌先を締めつけてきた。

どうしても童貞というと、美沙子と同じく、さっさと挿入して終わると思っていたのかも知れない。

粘膜は淡く甘苦い味覚があり、舌を出し入れさせるように蠢かすと、彼女は浮かせた脚を震わせ、引き締まって腹筋の浮かぶ下腹をヒクヒクと波打たせて収縮を繰り返した。

すると彼の鼻先にある割れ目からは、さらに多くの愛液がトロトロと湧き出してきたのだ。

ようやく脚を下ろすと、彼は舌を割れ目に挿し入れ、淡い酸味のヌメリを掻き回しながら、膣口から大きなクリトリスまでゆっくり舐め上げていった。

「アアッ……！」

真綾が身を弓なりに反らせて喘ぎ、内腿でムッチリときつく彼の両頬を挟みつけてきた。

淡い恥毛に鼻を擦りつけて嗅ぐと、濃厚に甘ったるい汗の匂いと残尿臭、それにヨーグルトに似た酸味も混じって鼻腔を掻き回してきた。

「いい匂い」

「嘘、いい匂いのはずないわ……」

嗅ぎながら思わず言うと、真綾が朦朧としながら息を震わせて言った。

澄夫は胸を満たしながら、大きなクリトリスを舐め回し、乳首のように強く吸いついた。

「アア……、嚙んで……」

真綾も熱く喘ぎ、すっかり快感に身悶えて口走った。

過酷な練習に明け暮れている彼女は、ソフトな愛撫より、痛いぐらいの刺激の方が好みなのだろう。

彼も前歯でクリトリスを挟み、コリコリと動かしながら舌先でチロチロと弾くように舐め回した。

「ああ、気持ちいい……、お願い、入れて……」

真綾が声を上ずらせてせがみ、愛液を大洪水にさせた。

澄夫も高まり、どうせ続けてするつもりなのだから、ここで一回果てようと思った。舌を引っ込めて身を起こし、股間を進めて幹に指を添え、先端を割れ目に擦りつけてヌメリを与えながら位置を定めた。

もう美沙子の手ほどきのおかげで迷うことなく、ヌルヌルッと根元まで挿入することができた。

「アアッ……、いい……！」

真綾が顔を仰け反らせて喘ぎ、キュッときつく締めつけてきた。

彼も股間を密着させると、脚を伸ばして身を重ね、まだ動かずに温もりと感触を味わい、屈み込んでチュッと乳首に吸いついた。

しかし真綾は乳首には反応せず、全ての神経は股間に集中させているようだ。

彼はコリコリと硬くなっている乳首を舌で転がし、左右とも存分に味わった。

膨らみはあまり豊かではないが、空気パンパンのゴムまりのような硬い弾力が顔中に感じられた。

さらに彼女の腕を差し上げ、スベスベの腋の下にも鼻を埋めると、濃厚に甘ったるいミルクのような汗の匂いが生ぬるく籠もり、うっとりと澄夫の鼻腔を刺激してきた。

充分に胸を満たしてから、彼は上からピッタリと唇を重ね、柔らかな感触を味わいながら舌を挿し入れた。頑丈そうにきっしり並んだ歯並びを舐めると、彼女も歯を開いて受け入れた。

ヌラヌラと舌をからめると、生温かな唾液に濡れた美女の舌が実に滑らかに蠢いた。

もう堪らず、徐々に腰を突き動かしはじめると、

「アアッ……、いきそう……」

真綾が口を離して喘いだ。熱く喘ぐ口に鼻を押し込むように湿り気ある息を嗅ぐと、それはシナモンに似た匂いに、ほんのりしたガーリック臭が混じって悩ましく鼻腔が刺激された。

やはりスタミナのあるものばかり食べているのか、しかも昨日は病院に一泊だったから、昨夜も今朝も歯磨きしていないのかも知れない。

日頃、大部分は水に浸かっている真綾だから、普段なら口も股間も無臭に近いのだろう。それが、最も濃厚な日に巡り会えたのは、澄夫にとって最大にラッキーであった。

やはり完璧(かんぺき)にケアした状態よりも、ありのままを抜き打ちに感じる方が、いかにもリアルな女体を味わっている興奮が増すのである。

澄夫は美女の濃厚な吐息を胸いっぱいに嗅ぎながら興奮を高め、次第に股間をぶつけるように激しく腰の動きを速めていった。

いつしか真綾は下から両手でしっかりとしがみつき、ズンズンと股間を突き上げはじめていた。

互いの動きも一致し、律動に合わせてクチュクチュと湿った摩擦音が響き、膣内の収縮も増していった。

胸の下で乳房が押し潰れて弾み、恥毛が擦れ合い、コリコリする恥骨の膨らみも痛いほど伝わってきた。澄夫は、膣内の摩擦と同時に、クリトリスを擦ることも意識して動いた。

僅かの間に、すっかり女体の扱いに長(た)けてきたようだ。

「い、いく……、アアーッ……!」

たちまち真綾が声を上ずらせ、彼を乗せたままガクガクと狂おしく腰を跳ね上げた。どうやら完全にオルガスムスに達したようだ。

その収縮に巻き込まれるように、続いて澄夫も昇り詰め、大きな快感に貫かれながら熱いザーメンをドクンドクンと勢いよく注入した。

「あう……!」

噴出を感じたように真綾が呻き、キュッときつく締めつけてきた。

彼は心ゆくまで快感を噛み締め、最後の一滴まで出し尽くしていった。

すっかり満足しながら動きを弱め、力を抜いてグッタリと身を預けていくと、

「ああ……」

真綾も声を洩らし、肌の強ばりを解いて四肢を投げ出していった。

まだ収縮が治まらず、刺激されるたびに彼自身は過敏にヒクヒクと震えた。

そして重なりながら、澄夫はアスリート美女の濃厚な吐息を嗅ぎ、うっとりと快感の余韻に浸り込んでいったのだった。

2

「もう洗ってもいいわね。歯も磨きたいし……」

澄夫が呼吸を整えて身を離すと、真綾が言って起き上がってきた。

彼も一緒にベッドを降り、ベスルームへと移動した。

真綾はシャワーの湯を出して浴び、全身や股間を念入りにボディソープをつけたスポンジで洗いながらほっとしたようだった。

「シャワーを浴びる前に舐められるなんて初めてよ。本当に嫌じゃなかった？」

「ええ、真綾さんの匂いは一生忘れないです」

「バカね……」

彼女は言い、椅子に座って歯ブラシを手にした。

「あ、歯磨き粉はつけないで。あまりハッカの匂いは好きじゃないので」

「まだする気なの？　まあ……」

彼が言うと、真綾は回復しはじめているペニスを見て驚いたようだ。

「もう一回いい？」

「いいけど……、思ったより良かったし、良すぎるぐらいだったから……」

彼が訊くと真綾は頷き、言われた通り何もつけない歯ブラシで歯磨きをした。

やがて歯磨きを終えた彼女が、シャワーの湯で口を漱ごうとすると、いち早く澄夫は唇を重ね、淡い歯垢混じりの唾液をすすってしまった。

「ンン……」

真綾が眉をひそめて呻いたが、彼は遠慮なくすすり、生温かな唾液でうっとりと喉を潤した。充分に味わって口を離すと、真綾は顔をしかめてシャワーの湯で口を漱いで何度も吐き出した。

「変態ね、そんなことする人いないわよ……」

真綾が詰るように言い、彼はその口にも鼻を押しつけて嗅いでしまった。

もう濃厚だった匂いの大部分は薄れ、彼女本来の匂いらしい淡いシナモン臭が感じられるだけになっていた。

「濃かった匂いが薄れちゃった」

「臭いのが好きなの？」

「美女に臭い匂いはないので、自然のまま濃いのが好き」

呆れるように言う真綾に答え、彼はピンピンに勃起し、完全に元の硬さと大きさを取り戻した。

そしてバスルームの床に座り、例によって目の前に彼女を立たせた。

「どうするの……」

「オシッコをかけて……」

言うと彼女もビクリと反応したが、まだ快楽の余韻で朦朧とするように、ためらいや羞恥より好奇心を湧かせたようだった。

「どうすればいい？」

「自分で割れ目を開いて出して」

期待しながら言うと、真綾も両脚を開いてスックと立ち、自ら両の指で陰唇をグイッと広げ、股間を彼の顔に突き出してくれた。

澄夫もその腰を抱え、すっかり匂いの薄れた股間に鼻を埋め、割れ目を舐め回した。

「アア……、いいのね、出るわ……」

真綾も新たな愛液を漏らし、息を震わせながら尿意を高めて言った。

舐めていると味わいが変わって温もりが増し、すぐにもチョロチョロと熱い流れがほとばしってきた。

舌に受けると、美沙子より味と匂いの刺激が濃かったが、やはり抵抗なく喉を潤すことができた。

「ああ……、バカね、飲んでるの……?」

真綾は、彼の口に泡立つ音と喉を鳴らす音にガクガクと膝を震わせて言った。

それでも勢いが増すと口から溢れ、彼は温かな流れを肌に浴びながら味と匂いに酔いしれた。

ようやく勢いが弱まり、流れが治まると彼は残り香の中で雫をすすり、割れ目内部を舌で掻き回した。

「あうう、もうダメ……」

すっかり感じた彼女が股間を引き離して言い、座り込んでいった。

二人でもう一度シャワーの湯を浴びて身体を拭くと、またベッドへと戻っていった。

「ね、お口で可愛(かわい)がって……」

澄夫が仰向けになって言うと、真綾も素直に股間に腹這いになった。

「ここから」

彼は両脚を浮かせて言い、自ら両手で尻の谷間を広げた。もう女性への緊張もなく、図々しく欲望に専念することができるようになっていた。

真綾も、すぐ肛門に舌を這わせ、ヌルッと浅く舌を潜り込ませてくれた。

「あう、気持ちいい……」

澄夫は呻き、肛門で美女の舌先を締めつけた。

真綾は、あまり舐めたくなかったようで、少し舌を蠢かせただけですぐ口を離した。

「ここも舐めて」

陰嚢を指して言うと、そこならと彼女もヌラヌラと舌を這わせ、二つの睾丸を転がしてくれた。そしてせがむように幹をヒクヒクさせると、真綾も前進して肉棒の裏側を舐め上げ、先端まで来るとスッポリと呑み込んでいった。

「ンン……」

熱く鼻を鳴らして息を籠もらせ、真綾はネットリと舌をからませ、幹を締めつけて吸ってくれた。

彼がズンズンと股間を突き上げると、彼女も顔を上下させスポスポと強烈な摩擦を繰り返してくれた。

「ああ、気持ちいい、いきそう……」

すると彼が口走るなり、真綾はスポンと口を離して身を起こし、

「いい？　入れるわ……」

前進して言いながら跨がり、唾液に濡れた先端を膣口に受け入れていった。

口に出されるより、もう一度挿入したかったようだ。それに上の方が自由に動け、勝ち気そうな彼女には合っているようだった。

「アア、気持ちいいわ……」

真綾は上体を反らせ、彼の胸に両手を突っ張って熱く喘いだ。そして密着した股間を擦りつけ、さらにスクワットするように脚をM字にさせて腰を上下させはじめた。

さっきは夢中で果てたが、今度はじっくり味わいたいようである。

澄夫もリズミカルな肉襞の摩擦と締めつけ、大量の潤いと温もりに包まれながら股間を突き上げた。

溢れる愛液が陰嚢にも生ぬるく伝い流れ、やがて彼女が両膝をつき、身を重ねてきたので、彼も下から両手を回してしがみつき、僅かに両膝を立てて蠢く尻を支えた。

「ああ、またすぐいきそうだわ……」

真綾が股間を擦り上げるように腰を遣い、息を弾ませながら言った。

彼も合わせてズンズンと股間を突き上げながら、

「ね、唾を垂らして……」

膣内で幹を震わせながらせがんだ。

「何でも飲むのが好きなのね……」

真綾は答え、喘いで乾き気味の口中に懸命に唾液を分泌させ、形良い唇を突き出して迫った。そして白っぽく小泡の多い唾液をトロトロと吐き出してくれ、彼は舌に受けて味わい、うっとりと喉を潤した。

「美味しいの？　味なんかないでしょう。でも変な気持ち……」

真綾が不思議そうに言いながらも、興奮を高めて収縮を活発にさせた。

「ね、口に唾を溜めて思い切りペッって吐きかけて」

さらにせがむと、彼は羞恥にヒクヒクと幹を震わせた。

「そんなことされたいの？　信じられない」

「真綾さんが、他の男に絶対しないことをされたい」

「確かに絶対にしないわ。するのは構わないけど……」

真綾も興奮に息を弾ませて答え、また口に唾液を溜めて顔を寄せてきた。

そして大きく息を吸い込んで止め、迫ったまま強くペッと吐きかけてくれた。

「ああ……」

熱いシナモン臭の吐息とともに、生温かな唾液の固まりをピチャッと鼻筋に受けて彼は喘いだ。

「本当、中で悦んでるわ……」

膣内の幹のヒクつきで察し、次第に彼女も動きを激しくさせていった。

摩擦音が響き、互いの股間が愛液でビショビショになりながら、彼も高まって言った。

「しゃぶって……」

顔を引き寄せて言うと、真綾も彼の鼻の頭をしゃぶり、舌を這わせてくれた。

澄夫は美女の唾液と吐息の匂いに高まり、膣内の締めつけと摩擦で、二度目の絶頂を迎えてしまった。

「い、いく……！」

大きな快感とともに口走り、彼はありったけの熱いザーメンをドクンドクンと勢いよく注入した。

「い、いいわ……、アアーッ……！」

噴出を受けた途端に彼女も声を上げ、ガクガクと二度目のオルガスムスの痙攣を繰り返しはじめた。

澄夫は快感を噛み締め、心置きなく最後の一滴まで出し尽くしていった。

満足して突き上げを弱めていくと、

「ああ……」

真綾も声を洩らし、硬直を解いてグッタリともたれかかってきた。

彼はアスリート美女の重みと温もりを受け止め、息づく膣内でヒクヒクと過敏に幹を跳ね上げた。

そしてかぐわしい刺激の吐息で鼻腔を満たしながら、うっとりと快感の余韻に浸り込んでいったのだった。

3

「さあ、入って。誰もいないわ」

真綾の車で大学に来た澄夫は、案内されるままプールの施設に入った。

同じ大学でも、体育会系の一角には足を踏み入れないので、澄夫がプールへ来たのは初めてだった。

確かに誰もおらず、水泳部員は他の施設へ遠征して練習しているようだ。

「短パンでも構わないけど、乾かすのが面倒だし、誰もいないけど裸というわけにいかないので、こっちへ来て」

真綾に言われ、彼も一緒に女子更衣室に入った。

誰もいなくても、ロッカーの立ち並ぶ室内には水泳部女子の体臭が濃厚に立ち籠めていた。

「これを使うといいわ」

真綾は言い、彼にサポーターを渡してくれた。女子が水着の下に使うものだから、また彼は股間がモヤモヤと妖しくなってきてしまった。

そして真綾は手早く全裸になると、自分の競泳用の水着を着込み、澄夫も裸になり女子のサポーターを穿いて股間を覆った。

「じゃ行きましょう」

もう快感の余韻もなく、真綾は勝負師の顔つきになって言い、二人で更衣室を出た。

いったん水に浸かって全身を濡らし、上がると二人は飛び込み台に並んだ。

「長さは五十メートル。私は得意のクロールだけど、君は自由に」

「分かりました。じゃ一二の三で」

言われて澄夫も頷き、気を引き締めた。

もちろん競泳など生まれて初めてのことだし、中学高校の体育でも、泳げない彼は水泳の授業を逃げ回っていたのである。

しかし今は、怜奈にもらった人魚の力がある。とにかく彼は何度も深呼吸し、少しでも多くの酸素を肺に溜めた。

やがて二人は飛び込み体勢になり、一緒に一二の三と声を発し、同時に飛び込んでいった。

水音を立てて彼は潜り込み、ドルフィンキックで水中を進みはじめた。

軽やかに全身が動き、水の中を初めて快適と思った。前に亜由を助けたときはあまりに夢中だったし、怜奈が引っ張ってくれたのだ。

澄夫が猛スピードで水中を進むと、隣で水を掻いていた真綾の水泡が見る見る後方へと遠ざかり、前方の彼方にゴールの壁が見えてきた。

この分なら圧勝だが、あまりに速いと水泳部に勧誘される恐れがあるかも知れない。

しかし、そのときである。

(え……?)

彼は急に力が入らなくなって進みが衰え、ゴールの壁がいつまで経っても近づいてこなかった。

あるいは、ここのところ怜奈に会っていないので、彼女から吸収した体液の効力が薄れてきたのかも知れない。

とにかく澄夫は必死になって手足をもがかせ、前へ進もうと努めたが、たちまち真綾が猛スピードで追いつき、併走するようになった。

そして懸命に手を伸ばし、壁にタッチして底に足をつき顔を上げると、同時に隣で真綾もゴールして顔を上げたところだった。

「あなた！　手加減したわね。前半あんなに速かったのに、私に花を持たせようと、ゴール近くで待っていたでしょう！」

真綾が激しい剣幕で詰め寄って言い、唾液と水の飛沫（しぶき）が水面を渡るかぐわしい息とともに彼の顔を刺激した。

「と、とんでもない……、急に力が抜けて……」

澄夫は激しく咳き込み、荒い呼吸で喘ぎながら答えた。

「え？　そうなの……？」

彼の必死の様子に真綾も納得し、声を和らげた。

「確かに、二回射精したあとだったわね……。私の方は元気だから、無理ないかも。それでも引き分けだったのだから、君が元気だったら私の負けだわ」

真綾はフェアな判断をして言うと水から上がり、彼の手を握って引っ張り上げてくれた。

更衣室に入って真綾が水着を脱いで身体を拭くと、彼は力尽きたように椅子に腰を下ろして荒い呼吸を繰り返し、それでもノロノロとサポーターを脱いだ。

「ああ、溺れて死ぬかと思った……」

「そう、そんなに一生懸命になってくれたのなら私も嬉しい」

　真綾が言い、彼の身体を拭いてくれた。

　互いに裸のままだし、しかも神聖な学内の、誰もいない女子更衣室ということに興奮を覚え、次第に呼吸が整ってきた澄夫は、またムクムクと勃起しはじめてしまった。

　しかも二回目の射精から時間が空いているし、間に水に浸かって余韻もリセットされているのである。

「まあ、まだ足りないの？」

　勃起に気づいた真綾が呆れたように言った。

「そ、それは二人きりで裸だから、どうしても反応してしまって……」

「死にそうな思いをしたのに、ここだけは元気なのね」

　真綾は言い、ピンと指先でペニスを弾いてくれた。

「あう……、もし僕が負けたら、真綾さんはどんなふうに僕を言いなりにさせるつもりだったの？」

「それは嫌らしい意味なんてなく、単に部室やプールの掃除を命じてコキ使おうと思っただけ」

　訊くと真綾が答えた。

まあ、そんなところであり、真綾は最初から、澄夫のように淫らな意図などなかったことだろう。

「そうですよね……」

「でも引き分けだったし、うちでうんと気持ち良くしてもらったから、もう一回射精するのを手伝ってあげてもいいわ」

「本当……？」

「ええ、でも中に入れるのはもう充分」

彼女が言うので澄夫は椅子から立ち、更衣室の隅にあるベンチに横になった。するると真綾も近づき、床に膝をついて身を寄せると、勃起したペニスを握ってしごいてくれた。

「ね、人工呼吸して……」

甘えるように言うと、彼女はペニスを愛撫しながら顔を寄せ、上からピッタリと唇を重ねてくれた。

互いの顔が九十度に交差したので、開いた口が隙間なく密着した。そして彼女は鼻から大きく息を吸い込み、口から強く息を吹き込んできたのだ。

「ク……！」

胸いっぱいに、女の匂いとともに熱い息が満ちて彼は呻いた。

真綾も、一度きりで口を離した。

「苦しいでしょう。でも絶息してるときは効果的なのよ」

彼女は言いながらも、ニギニギと愛撫の手を休めなかった。

「い、いきそう……」

「いいわ、お口でしてあげる」

彼が吐息の残り香に高まって言うと、真綾は彼の股間に移動して言い、幹に指を添えながら張り詰めた亀頭にヌラヌラと舌を這わせはじめてくれた。そして丸く開いた口でスッポリと喉の奥まで呑み込むと、幹を締めつけて吸い、口の中ではクチュクチュと舌が蠢いた。

「ああ、気持ちいい……」

澄夫は快感に喘ぎ、彼女の口にズンズンと股間を突き上げた。

今度は真綾も本格的に顔を上下させ、リズミカルな摩擦を繰り返してくれた。

彼も高まり、もう我慢することもできず快感に身を委(ゆだ)ね、あっという間に昇り詰めてしまった。

「く……、いく……!」

彼は快感に身をくねらせながら呻き、まだ残っていたかと思えるほどのザーメンをドクンドクンと勢いよくほとばしらせ、真綾の喉の奥を直撃した。

「ンン……」

真綾も噴出を受け止めながら熱く呻き、なおも舌をからめて最後の一滴まで吸い出してくれたのだった。

「アア……」

彼も心置きなく出し尽くして喘ぎ、やがてグッタリと身を投げ出していった。

真綾は亀頭を含んだまま、口に飛び込んだ熱いザーメンをゴクリと飲み込んでくれ、なおも幹をニギニギしてくれた。

澄夫は感激に包まれながら余韻を味わい、ようやく真綾も口を離した。そして幹をしごきながら、尿道口に滲む白濁の雫まで丁寧にペロペロと舐め取ってくれたのだった。

「あうう、も、もういいです……」

澄夫は腰をくねらせて呻き、過敏に幹を震わせて降参した。

すると真綾も舌を引っ込めて顔を上げ、淫らに舌なめずりすると、大仕事でも終えたように太い息を吐いた。

「僅かの間に三回なんてすごいわ。元彼は逞しい身体つきだったけど、日に二回が限界よ」

彼女は感心したように言い、やがて身繕いをした。

澄夫も呼吸を整えて起き上がり、ノロノロと服を着た。全身に疲労が満ちているが、必死に泳いだ疲れと快感の余韻が一緒になり、このまま眠りたい衝動に駆られたものだった。

やがて二人でプールの施設を出ると、真綾は彼をまた車でアパートの前まで送ってくれたのだった。

4

「ああ、来てくれたか。良かった。死ぬ思いで泳いだんだよ」

夜、アパートに来てくれた怜奈を迎え入れ、澄夫はほっとして彼女に言った。

真綾に送ってもらってから彼は暗くなるまで眠り、ようやく起きて冷凍食品の夕食を終えたところだった。

「泳いだの？　どこで？」

怜奈は、特に彼が美沙子や真綾と肌を重ねても、知っているのか知らないのか拘りない表情で無邪気に言った。

「大学のプールで」

「そう、じゃ私は行かれないわ。陸が楽しくて歩き回っているけど、やっぱり海が近くないと不安なので、ここら辺りが限界なの」

怜奈が言う。やはり彼女も定期的に海へ戻らないと、ずっと陸ばかりでは生きられないのだろう。

「そう、あの人と競争したのね」

怜奈は、細かに話さなくても、大部分はテレパシーで通じるように言った。

確かに亜由が溺れたときも、怜奈は直に彼の心の中に話しかけてきたのだ。

そのときに水泳の得意な真綾も見ているから、すぐに察したらしい。

「とにかく、力を補充してほしい」

澄夫は、久々に可憐な人魚に会えた興奮で、手早くシャツとトランクスを脱ぎ去り、全裸で万年床に横たわった。

怜奈もためらいなくワンピースを脱ぎ去り、たちまち一糸まとわぬ姿になると長い黒髪を揺すって添い寝してきてくれた。

「唾を飲ませて、いっぱい……」

顔を引き寄せて言うと、怜奈も上からピッタリと唇を重ね、まるで昼間真綾にしてもらった人工呼吸の時のように互いの口が交差して密着した。

そして怜奈は舌をからめながら、トロトロと生ぬるく小泡の多い唾液を、たっぷりと口移しに注いでくれた。

澄夫はうっとりと味わって喉を潤し、舌をからめながら怜奈の淡い磯の香の吐息で鼻腔を満たした。

すると効果覿面、甘美な悦びが胸いっぱいに広がると、みるみる力が漲ってくると同時に、雄々しく勃起しはじめていった。

唾液と吐息を交換しているうち、おそらく彼の記憶が怜奈にも流れ込み、美沙子や真綾としたことも伝わったのだろうが、それでも彼女は嫉妬する様子もなく、舌をからめながら勃起したペニスをいじってくれた。

怜奈は大量に唾液を吐き出してくれ、澄夫は渇きを癒やすように飲み込みながら彼女の吐息に酔いしれ、ペニスは柔らかな手のひらにニギニギと弄ばれて最大限に膨張していった。

「ああ、顔に跨がって……」

飽きるほど唾液を飲み込んでから、口を離した澄夫が言うと、怜奈もすぐに身を起こし、彼の顔に跨がってしゃがみ込んでくれた。

怜奈も内腿をムッチリと張り詰めさせ、もらったばかりの脚をM字にさせて股間を鼻先に迫らせた。

ぷっくりした割れ目から陰唇がはみ出し、息づく膣口と光沢あるクリトリスが覗いていた。

澄夫は腰を抱き寄せ、楚々とした茂みに鼻を埋め込んで舌を挿し入れた。

今日も生ぬるく蒸れた磯の香りが鼻腔を刺激し、膣口を探ってクリトリスまで舐め上げると、

「アアッ……、いい気持ち……」

怜奈が熱く喘ぎ、ヌラヌラと大量の蜜を漏らしはじめた。

彼は舌ですくい取ってすすり、唾液とは違う味わいで生ぬるく喉を潤した。

さらに力が湧いてきて、人魚の体液が全身隅々にまで行き渡るようだった。

「オシッコも出して……」

充分に愛液をすすってから囁くと、怜奈も息を詰め、下腹に力を入れながら尿意を高めはじめてくれた。

　バスルームではないからこぼすわけにいかないが、怜奈が神秘の効力を含めて出したものだから一滴余さず吸収したかった。

「あう、出る……」

　彼女が息を詰めて言うなり、チョロチョロと熱い流れがほとばしってきた。

　仰向けだから噎せないよう気をつけながら受け止め、夢中で喉に流し込んでいくと、それは温かく、白湯で薄めた海水のような味わいだった。

　怜奈も溢れないよう流れをセーブしてくれているようで、まして澄夫も神秘の力を甦らせはじめているから、咳き込むこともなく清らかな流れを飲み込み続けることができた。

　一瞬勢いが増したが、それで出しきったように間もなく流れが治まった。

　澄夫も、全て飲み干すことができ、悩ましい残り香の中で執拗に余りの雫をすすった。

「アア……、入れたいわ……」

　怜奈が言い、股間を引き離すと自分から移動してペニスに顔を寄せてきた。

　粘液の滲む尿道口を舐め回し、すっかり雄々しく張り詰めた亀頭にしゃぶりつくと、スッポリと喉の奥まで呑み込んでいった。

「ああ、気持ちいい……」

澄夫は快感に喘ぎ、怜奈が舌をからめ、唾液にまみれた幹をヒクヒクと震わせた。股間を突き上げると、彼女も夢中になって顔を上下させ、濡れた口で強烈な摩擦を繰り返してくれた。

澄夫も、今日は朝から美沙子や真綾を相手に何度も射精してきたのに、力を得て今にも暴発しそうなほど高まってきた。

すると怜奈は、彼のそんな様子を察したように、スポンと口を離すと身を起こして前進してきた。

跨がると先端に割れ目を押しつけ、腰を沈めるとヌルヌルッと一気に根元まで嵌め込んでいった。

「アアッ……、いい……！」

怜奈が顔を仰け反らせて喘ぎ、ピッタリと股間を密着させて座り込んだ。

澄夫も股間に重みを受け、熱い潤いと摩擦、きつい締めつけに包まれて絶頂を迫らせた。

両手を回して抱き寄せ、潜り込むようにして乳首を吸い、顔中で柔らかな膨らみを味わった。

彼女も初回から絶頂を知ったのは、やはり澄夫の快感に感応したからなのだろう。だから今回も、彼が果てれば怜奈も同時に昇り詰めるに違いない。

我慢したり焦らす必要もなく、彼は遠慮なく股間を突き上げ、心地よい摩擦の中で高まった。

両の乳首を味わい、腋の匂いも貪り、そして下から唇を重ねて舌をからめると、

「ンンッ……！」

怜奈も熱く呻いて膣内の収縮と潤いを活発にさせていった。

そして彼女もことさらにトロトロと唾液を注いでくれ、澄夫は喉を潤しながら熱い吐息に酔いしれ、たちまち昇り詰めてしまった。

「く……！」

絶頂の快感に貫かれながら、力を補充したばかりだから勢いよくドクンドクンと大量のザーメンをほとばしらせると、

「ああッ……、すごい……！」

怜奈も口を離して熱く喘ぎ、ガクガクと狂おしいオルガスムスの痙攣を開始したのだった。その締めつけの中、彼は心ゆくまで快感を味わい、最後の一滴まで出し尽くしていった。

満足しながら徐々に突き上げを弱めていくと、

「ああ……、気持ち良かったわ……」

怜奈も荒い息遣いで囁き、グッタリともたれかかってきた。

彼自身は収縮する膣内でヒクヒクと過敏に幹を震わせ、そのたびに怜奈も応えるようにキュッキュッと締め上げた。

澄夫は重みと温もりを受け止め、玲奈の吐き出す熱い息を嗅ぎながら、うっとりと快感に余韻を噛み締めた。

「これで、また力は二、三日保つかな……」

「もっと保つわ。前より多く飲んだから」

彼が言うと、怜奈が息を弾ませて答えた。確かに、初回は唾液と愛液だけだったが、今回はオシッコも加わっているのだ。そして力の漲る様子も、前回より倍加している気がしていた。

やがて怜奈がそろそろと身を起こし、股間を引き離した。

すると、全ての潤いを吸収したように、もう愛液やザーメンのヌメリはペニスに残っていなかった。実に、拭く手間もなく便利なもので、彼女もまた人の成分を吸い取って栄養にしているのかも知れない。

「また力が切れる頃に来るわね」

怜奈が起き上がり、身繕いをしながら言った。

「歩き回って、足は痛くないの？」

「ええ、大丈夫。遊び回っても、どうせ人からは見えないし」

澄夫は、人魚姫の童話を思い出しながら訊いたが、怜奈は歩くことが楽しいように答えた。

西洋と違ってワダツミの力は絶大で、魚から人の姿になっても足は痛くなく、怜奈は脚と引き替えに声も失っていない。

やがて怜奈は出てゆき、新たな力を身につけた澄夫も、目が冴えることもなくぐっすり眠ることができたのだった。

5

「これ、ママがお礼に持っていけって」

翌日の昼前、澄夫のアパートを亜由が訪ねてきて言った。交換していたラインが入り、ブランチを終えた彼は慌ててシャワーと歯磨きを済ませていた。

今日は、浜の掃除や海の家準備のバイトは休みである。多くの客が来る月末が近づいたら、また顔を出すことになっていた。

亜由が持ってきた包みを開くと、レトルト食品や缶詰など、一人暮らしに重宝する食材が入っていた。

「これは助かるよ、ありがとう。ママにもお礼言っておいてね」

「ええ、でもお礼は私から言わないと。本当に死ぬかと思ったから、すごくありがたかったです」

亜由は可憐な頰に笑窪（えくぼ）を浮かべ、頭を下げて言った。

清楚（せいそ）なブラウスにミニスカート、右太腿には包帯が巻かれている。今日は、澄夫に礼を持ってきたら、このまま病院へ行くことになっているらしい。

「傷はまだ痛むかい？」

「ええ、でも触らなければ大丈夫。今日診（み）てもらって、包帯が取れるかも。ただ身体を拭くだけで、シャワーも浴びられないので辛（つら）いです」

亜由が、椅子に座って言う。澄夫は万年床に座っていたから、健康的にニョッキリしたナマ脚がよく見えた。

確かに、シャワーも浴びられないせいか甘ったるい匂いが濃く漂っていた。

澄夫は、痛いほど股間が突っ張ってしまった。

何しろ、初めてこの部屋に人間の女性が入ってきたのである。しかも十八歳の可憐な美少女なのだ。

金持ちのお嬢様だが我儘なところもなく、女子高出身で、まだ大学生になって三ヶ月だから処女かも知れない。

しかも彼女は、命の恩人である澄夫を慕うように熱っぽい眼差しを向けているではないか。

一人暮らしの男の部屋に来たのだから、覚悟もできているような気がした。

「溺れたときのことは、覚えているの？」

「ええ、ボートで岩場に回って、ちょっと降りて休憩しようとしたら腿を岩で擦って、出血したから驚いたら海に落ちて、あっという間に流されてしまったわ。あとは沈んで水を飲んで、澄夫さんが助けに来てくれるまでは意識がなかったと思います」

「そう、なんとか引き上げて、真綾さんと一緒に浜まで運んだんだ」

「ええ、立てるようになったら、澄夫さんに背負われたことを覚えてます。私そのとき、水を吐いてしまったのだけど」

亜由が、水蜜桃のような頬を染めて言う。

「ああ、ほとんど海水だったよ」

「わあ、やっぱり覚えているんですね……」

亜由が恥じらいに身をくねらせて言い、さらに生ぬるく甘ったるい匂いを揺らめかせた。

そして彼女は、恩人というばかりでなく、力をつけたばかりの澄夫から発する強力なオーラのようなものを感じ取っているのか、何をされても良いというふうな雰囲気を持ちはじめていた。

「じゃ、もう海に入るのは恐いかな？」

「ええ、しばらくは無理だと思います……」

亜由が答え、澄夫は訊きたかったことを口にしてしまった。

「亜由ちゃんは、好きな人はいるの？」

「ええ、います」

訊いてみると、亜由がはっきりと答えた。大学で知り合った他の男か、それとも澄夫のことか、彼は少し不安になった。

「僕の知っている人？」

「ええ、実は真綾さんなんです」

「え……」

意外な答えに、澄夫は目を丸くした。

しかし考えてみれば、一人っ子の少女がボーイッシュで颯爽たる先輩の真綾に思いを寄せるのはあり得るかも知れないと思った。

「じゃ、真綾さんと病院に一泊できて良かったね」

「ええ、個室で、付き添い用のベッドもあったのだけど、不安だったので同じベッドに一緒に寝てもらいました」

「そう」

澄夫は、美女と美少女が添い寝している図を思い浮かべて股間を疼かせた。

「それで、抱いてもらって寝たの？」

「ええ、少しだけオッパイを触らせてもらったけど、真綾さんが吸ってもいいって言うので」

「うわ……」

それを聞き、ますます澄夫は驚いて、もう止めようもなくムクムクと激しく勃起してきてしまった。

真綾も、どこか宝塚の男役のように両刀っぽい雰囲気を持っているので、美しいもの同士ならそれもありなのだろう。

「それで、キスもしちゃった？」

「ええ、初めてのキスが女同士になっちゃいました」

亜由が頬を染めて言う。では、やはりまだ完全無垢な処女である。

「そのキスは、ベロ同士も触れ合ったの？」

「やだあ、澄夫さん、そんなことまで知りたいんですか？」

興奮しながら訊くと、亜由は羞恥に身をくねらせて答えた。

「ほんの少しだけ、舐め合いました……」

「そう、すごい……。それだけ？　例えば、イケナイところをいじり合ったりとか……」

澄夫は痛いほど股間を突っ張らせて訊いたが、亜由の方も興奮を高めているのか、いつしかぼうっとした眼差しになって小さく答えた。

「ちょっと触ってもらったけど、力が入ると傷が痛んだので、すぐやめて寝ちゃったんです」

「そうだね、でも真綾さんのアソコは触ったの？」

「ええ……、ク、クリトリスが大きめで、少しいじるとすごく濡れてきたけど、いくと声が出ちゃうのでよそうって」

亜由が、朦朧としたように正直に言った。美少女がクリトリスという言葉を発するのも、彼には激しい興奮だった。

どうやら真綾も、無垢な亜由に悪戯したい衝動と戦い、必死に堪えたようだ。そんな下地があったから、真綾はすぐにも澄夫の要求に応じてくれたのかも知れない。

「じゃ、亜由ちゃんも自分でクリトリスいじって、いく感覚は知ってるの？」

「え、ええ……、なんとなくだけど……」

亜由が答える。まあ十八歳の大学一年生ともなれば、オナニーぐらい普通にしているのだろう。

やがて澄夫は意を決し、興奮に任せて言ってしまった。

「僕と、体験してみる？」

言うと亜由はビクリと身じろぎ、俯いてしまった。

「ファーストキスも、ちゃんと男と経験した方がいいよ」

「す、澄夫さんは、もう経験者なんですか……？」

亜由が、恐る恐る顔を上げて訊いてきた。

「まだ知らないんだ。ネットであれこれ見ることはあるから、女性の仕組みは知っているつもりだけど」

澄夫は大嘘をついた。すでに人ならぬ人魚と、亜由の母親である美沙子、亜由の憧れである真綾ともしているのである。それを知ったら、亜由は一体どんな表情をすることだろうか。

「そう、初めて同士ですね……。実は私も、そんな覚悟をしてここへ来たのですけど、でも……」

亜由が、少しためらいがちに言った。

「でも何？　あ、避妊具がないことかな？」

「それは大丈夫です。前から真綾さんにピルもらっているので」

亜由が答える。どうやら避妊のためでなく、生理不順の解消のために服用しているのだろう。

「それなら構わないね」

「いえ、実は助けられたときから丸二日間、シャワーを浴びていないから。身体は拭いていたのだけど」

亜由が答え、澄夫とするのが嫌ではないと知って彼は有頂天になった。

「ううん、拭いたのなら大丈夫だよ。それに亜由ちゃんの自然のままの匂いを知りたいから。僕はさっきシャワーを浴びたばかりで綺麗だからね」

澄夫は勢い込んで言い、身を乗り出して亜由の手を握り、そっと万年床へと引っ張った。

「あん……」

亜由はか細く声を洩らしながらも、素直に布団に座ってきた。

「じゃ脱ごうね」

澄夫は言って立ち上がり、ドアを内側からロックし、窓にカーテンを引いた。

それでもカーテンのないキッチンの窓からは、昼の強い陽が射し込んで、室内は充分すぎるほど明るかった。

そして彼は手早くTシャツと短パン、下着まで脱ぎ去って全裸になっていくと亜由も決心したように背を向け、ブラウスのボタンを外しはじめた。

（ああ、初めての処女……）

澄夫は興奮と感激に包まれながら、勃起した幹をヒクつかせた。怜奈も処女だったかも知れないが、何しろ亜由は人間の美少女である。

やがてブラウスを脱ぎ、亜由がモジモジとブラを外すと白く滑らかな背中が露わになった。

しかし、いったん脱ぎはじめると度胸もついたように、立ち上がってミニスカートを下ろし、最後の一枚もためらいなく脱ぎ去っていった。

もともと素足のサンダル履きだったから、たちまち亜由は一糸まとわぬ姿になった。

「じゃ、ここに寝てね」

澄夫が興奮しながら言うと、亜由は胸を隠しながら、そろそろと布団に仰向けになり、無垢な肌を晒したのだった。

第四章　羞じらい処女の匂い

1

「わあ、綺麗だよ、すごく……」

澄夫は全裸の亜由を見下ろして言い、立ち昇る濃厚に甘ったるい熱気に興奮を高めた。

これで、人の女性に触れるのは三人目だ。

三十九歳の美沙子、次が二十三歳の真綾で、さらに十八歳の処女、しかも美沙子の娘である。

澄夫は、胸を隠して仰向けになっている彼女の手を握り、やんわりと引き離した。無垢な乳房が露わになり、さすがに乳首と乳輪は初々しい桜色で、膨らみも張りがありそうで、美沙子のような巨乳になる兆しも見えているようだ。

彼は吸い寄せられるように屈み込み、チュッと乳首に吸いついて舌で転がし、もう片方にも指を這わせながら、顔中で膨らみを味わった。

「あう……」

亜由が呻き、クネクネと身悶えたが感じているというより、まだくすぐったい感覚の方が強いようだ。そして女同士ではなく、男に触れられる感触を新鮮に味わっているのだろう。

年相応に好奇心いっぱいだったのが、ようやく初体験しているのだから、その感慨は、処女を相手にしている澄夫以上かも知れない。

彼は、左右の乳首を順々に含んで舐め回し、張りのある乳房の弾力に酔いしれた。その間、亜由は少しもじっとしていられないようにヒクヒクと肌を震わせ、荒い呼吸を繰り返していた。

さらに澄夫は彼女の腕を差し上げ、無防備な腋の下に鼻を埋め込んだ。

そこは生ぬるくジットリと湿り、なんとも甘ったるく濃厚な汗の匂いが籠もっていた。

「いい匂い」

「ああン……！」

嗅ぎながら思わず言うと、亜由がビクリと反応して声を洩らした。

澄夫は美少女の濃い体臭で鼻腔を満たし、スベスベの腋に舌を這わせた。

「ダメ、くすぐったいわ……」

亜由が声を震わせ、クネクネと激しく悶えた。

彼はそのまま脇腹を舐め降り、腹の真ん中に移動し、愛らしい縦長の臍を探り、ピンと張り詰めた下腹にも顔を埋めて弾力を味わった。

もちろん股間は後回しにし、腰から脚を舐め降りていった。

この愛撫の順番を、前に澄夫が美沙子にも行なったなど亜由は夢にも思わないだろう。

スベスベの脚を舐め、足首まで行くと足裏に回り込んだ。

逞しかった真綾とは全然違い、足裏は人形のように小さく華奢(きゃしゃ)だった。

彼が踵から土踏まずに舌を這わせ、縮こまった指の間に鼻を押しつけて嗅ぐと、濃厚な汗と脂の湿り気が、蒸れた匂いを沁みつかせていた。

澄夫は何度も深呼吸するように、美少女のムレムレの足の匂いを貪り、爪先にしゃぶりついていった。

「あう……！」

亜由は呻き、くすぐったそうに腰をよじったが、すでに朦朧となり、自分が何をされているかも把握できなくなっているようだった。

　小さくちりばめられた爪を舐め、全ての指の股に舌を割り込ませて味わうと、彼はもう片方の足も存分に匂いと味を貪り尽くした。

　そして股を開かせ、脚の内側を舐め上げ、白くムッチリした内腿に舌を這わせて股間に迫った。

　見ると、ぷっくりした丘にはやはり楚々とした恥毛が煙り、割れ目からはみ出した花びらが、すでに清らかな蜜に潤いはじめていた。

　そっと指を当てて陰唇を左右に広げると、奥には無垢な膣口が息づき、小さな尿道口も見え、包皮の下からは小粒のクリトリスがツンと顔を覗かせ、綺麗な光沢を放っていた。

「アア、見ないで……」

「とっても綺麗だよ」

　亜由が羞恥に声を震わせ、ヒクヒクと下腹を波打たせ、彼は答えながら顔を埋め込んでいった。

　柔らかな若草に鼻を擦りつけて嗅ぐと、生ぬるく蒸れた汗とオシッコの匂いに混じり、処女特有の恥垢(ちこう)か、ほのかなチーズ臭も混じって悩ましく鼻腔を刺激してきた。

また嗅ぎながら言うと、亜由が呻き、キュッときつく内腿で彼の両頬を挟みつけてきた。

「あう……！」

「いい匂い」

澄夫は腰を抱え込み、充分に鼻腔を満たしてから割れ目に舌を這い回らせ、陰唇の内側に潜り込ませていった。

膣口に入り組む花弁状の襞をクチュクチュ掻き回すと、ほのかな味わいがあったが、それは汗か残尿か愛液か、まだ判然としなかった。

割れ目内部を充分に舐め回してから、滑らかな柔肉をたどり、ゆっくりクリトリスまで舐め上げていくと、

「アアッ……！」

亜由が顔を仰け反らせて喘ぎ、内腿に強い力を込めてきた。

やはり小粒でも、ここが最も感じる部分なのだろう。

澄夫が匂いに酔いしれながら舌先でチロチロとクリトリスを探ると、やはり愛液の量が格段に増してきた。

「ああ……、いい気持ち……」

亜由が羞恥を越え、とうとう本音を口走りはじめた。

さらに澄夫は亜由の両脚を浮かせ、オシメを替えるような体勢にさせて形良い尻に迫った。

谷間の奥には、ひっそりと薄桃色の可憐な蕾が閉じられ、視線を感じたかヒクヒクと細かな襞を震わせて収縮した。

鼻を埋め込むと、顔中に弾力ある双丘が心地よく密着し、蒸れた汗の匂いに秘めやかな微香も混じっていた。

澄夫は匂いを貪ってから舌を這わせ、蕾を濡らしてからヌルッと潜り込ませ、滑らかな粘膜を探った。

「あう……、ダメ、そこ……」

亜由が驚いたように呻き、反射的にキュッと肛門で舌先を締めつけてきた。

澄夫は舌を蠢かせて微妙に甘苦い粘膜を味わい、やがて脚を下ろして再び割れ目に戻っていった。

そして溢れる蜜を舐め取ってクリトリスに吸いつき、処女の膣口にそろそろと指を挿し入れてみた。さすがにきついが、潤いが充分なので指は根元まで潜り込んでいった。

中は熱く濡れ、指の腹で内壁を小刻みに擦り、ときに天井のGスポットも探りながら執拗にクリトリスを舐めると、

「アア……、い、いっちゃう……！」

たちまち亜由が声を上ずらせ、ガクガクと狂おしく腰を跳ね上げ、膣内を激しく収縮させた。どうやら、舌と指の刺激だけでオルガスムスに達してしまったようだった。

愛液も大洪水になり、溢れた分が下のシーツにまで沁み込んだ。

「も、もうダメ、やめて……」

ヒクヒクと痙攣しながら、すっかりピークを過ぎ去って敏感になったように亜由が哀願した。

ようやく澄夫も舌を引っ込め、ヌルリと指を引き抜いた。股間を這い出して添い寝し、荒い息遣いで身を震わせている亜由に身を寄せた。

シャワーが浴びられないのでオシッコまでは求められないが、初回からそうあれこれしなくても、また次があるだろう。

喘いでいる口に迫り、そっと唇を重ねるとグミ感覚の弾力が感じられ、乾いた唾液の香りが可愛らしく鼻腔を刺激した。

舌を挿し入れ、綺麗に揃った滑らかな歯並びを舐め、さらに開いた奥へ潜り込ませて舌を触れ合わせた。

「ンン……」

亜由も朦朧として呻きながら、チロチロと舌をからめてくれた。

しかしまだ呼吸が荒いので、口を塞がれていると苦しいのか、やがて彼女は顔を横に向けて呼吸を整えた。

熱い息の吐き出される口に鼻を押し込むようにして嗅ぐと、湿り気と熱気が鼻腔を満たし、可愛らしく甘酸っぱい刺激が胸に沁み込んできた。

確か亜由を背負ったとき肩越しに感じた匂いと同じで、澄夫は美少女の果実臭の息を貪るように嗅ぎながら、彼女の手を握って強ばりに導いた。

「あ……」

亜由は小さく声を洩らし、ビクリと反応したが、すぐに好奇心から触れはじめてくれた。生温かく汗ばんだ手のひらにやんわりと包み、感触を確かめるようにニギニギと動かした。

「ああ、気持ちいい……」

澄夫が喘ぐと、亜由はさらに指の動きを活発にさせていじり回しはじめた。

やがて彼は仰向けになり、だいぶ呼吸も整ったので、あらためて亜由を上にさせて唇を重ねてもらった。

彼女もペニスを弄びながら、再びチロチロと舌をからめてくれた。

「いっぱい唾を出して……」

唇を重ねながら囁くと、亜由も懸命に分泌させ、トロトロと生温かく小泡の多いシロップを注いでくれた。

澄夫も、怜奈の体液を吸収するのが習慣になっているので、人の女性から出たものも激しく欲するようになっていた。

美少女の唾液は実に清らかで、彼はうっとりと心地よく喉を潤した。

やがて亜由は口を離し、身を起こして顔をペニスの方に向けていった。

2

「ね、近くでよく見せて……」

亜由が言い、澄夫が大股開きになると移動し、真ん中に腹這い、彼の股間に可憐な顔を寄せてきた。

無垢な視線を受け、最大限に勃起した幹がヒクヒクと上下した。

亜由は遠慮なく幹を撫で、陰嚢をいじり、張り詰めた亀頭にも触れてきた。無邪気な動きが実に心地よく、彼は今にも果てそうなほど高まって先端から粘液を滲ませた。

「入るのかしら、こんなに大きなものが……」

「入るよ。亜由ちゃんもいっぱい濡れているしね、これも唾で濡らして」

言うと彼女も身を乗り出し、濡れた尿道口にチロチロと舌を這わせ、パクッと亀頭も含んできた。

「ああ……、深く入れて……」

喘ぎながら言うと、亜由もスッポリと喉の奥まで呑み込んでくれた。

温かく濡れた口の中に快感の中心部が捉えられ、彼は幹を震わせながら絶頂を迫らせた。

このまま無垢な口を汚したい衝動にも駆られるが、やはり一つになりたいし、亜由も初体験を望んでいることだろう。

口の中では舌が蠢き、彼女は言われた通りたっぷりと唾液を出してペニスを温かく浸してくれた。

「ああ、もういいよ、出ちゃいそうだから……」

澄夫が息を詰めて言うと、亜由もチュパッと口を離した。

「じゃ、最後までしてください」

彼女が覚悟を決めたように言い、添い寝してきたので彼も入れ替わりに身を起こした。本当は女上位の方が、唾液を垂らしてもらえて好きだが、初回はやはり正常位が良いだろう。

亜由が仰向けになると、彼は股を開かせ、股間を進めていった。

彼女は神妙に身を投げ出し、念願の初体験を待っている。澄夫もまた、初めての処女を相手に緊張と興奮に胸を震わせていた。

先端を濡れた割れ目に擦りつけ、位置を定めて挿入していくと、処女膜が丸く押し広がり、張り詰めた亀頭がズブリと潜り込んだ。

あとはヌメリに任せ、ヌルヌルッと一気に根元まで押し込んだ。ネットに、初回は痛みが短い時間で済むよう、ゆっくりでなく素早く入れた方が良いと書かれていたのである。

「あう……」

股間を密着させると、破瓜の痛みに亜由が眉をひそめて呻いた。

中は熱く濡れ、さすがに締まりが良くて、彼は懸命に暴発を堪えた。

長引かせる必要はないが、やはり少しでも長く味わっていたくて、彼は心ゆくまで美少女の温もりと感触を嚙み締めた。

脚を伸ばして身を重ねていくと、亜由が支えを求めるように下からしっかりと両手を回してしがみついてきた。

胸の下で張りのある乳房が押し潰れて心地よく弾み、じっとしていても膣内が息づくような収縮を繰り返した。

「大丈夫？」

「ええ……」

気遣って囁くと、亜由が健気に答えた。

澄夫が様子を探りながら小刻みに腰を突き動かすと、

「アアッ……」

亜由が熱く喘ぎ、両手と膣内に力を込めた。

それでも潤いが充分の上、次第に彼女の痛みが麻痺（まひ）してきたか、動くうちヌラヌラと滑らかになっていった。温もりと肉襞の摩擦がなんとも心地よく、彼はいくらも我慢できずに高まってしまった。

上から唇を重ねて舌をからめ、さらに甘酸っぱい吐息を嗅いで鼻腔を湿らせると、たちまち澄夫は昇り詰めてしまった。

「く……！」

大きな快感に呻き、そのときばかりは気遣いも忘れ股間をぶつけるように激しい律動を繰り返した。

熱い大量のザーメンがドクンドクンと勢いよくほとばしり、中に満ちるヌメリがさらに動きをヌラヌラと滑らかにさせた。

そして快感を嚙み締めながら、心置きなく最後の一滴まで出し尽くすと、彼はすっかり満足して、徐々に動きを弱めていった。

亜由はすっかり放心したようにグッタリとなり、無意識に嵐(あらし)が過ぎ去ったのを察したように硬直を解いていた。

重なったまま荒い呼吸を繰り返し、彼は美少女の果実臭の息を嗅ぎながら胸を満たし、膣内でヒクヒクと過敏に幹を震わせた。

（とうとう、母娘の両方としてしまった……）

澄夫は思い、充分に余韻を味わってから、そろそろと身を起こして股間を引き離していった。

ティッシュの箱を引き寄せ、手早くペニスを拭きながら彼女の股間に顔を寄せると、小ぶりの陰唇は痛々しくめくれ、膣口からは逆流するザーメンに混じり、少しだけ鮮血が混じっていた。

しかし少量で、すでに止まっているようだ。

澄夫はティッシュを割れ目に当ててヌメリを拭ってやり、処理を終えて添い寝していった。

「大丈夫？　痛かっただろう」

「ええ、でも最初が痛いのは聞いていたし、これで大人になれたから。でも、まだ中に何か入っているみたい……」

言うと、亜由がか細い声で答えた。

「傷の方は大丈夫かな」

「医者が、今日にも包帯が取れるって言っていたから、そうしたらシャワーの許可も出るので」

亜由が言い、しばし彼に密着して感慨に耽(ふけ)っていた。

後悔の様子もないので彼は安心し、こんな可憐な美少女の最初の男になれたことを誇らしく思った。

やがて身を起こすと、二人で身繕いをした。

一回の射精では物足りないが、初体験で連続の挿入や口内発射は酷だろうから我慢することにした。

「途中まで送ろう。僕も今日は少し大学へ行くので」

澄夫が言うと、彼女は鏡を借りて髪と顔を確認し、一緒にアパートを出た。

駅まで歩いたが、特に彼女は歩きにくそうでもないから、初体験も腿の傷も、それほどのことはなかったようだ。

そして電車に乗り、亜由は病院のある一駅目で降りて別れ、澄夫は二駅目の大学へと行った。

一人になると、澄夫はあらためて美少女の初物を奪った悦びで、胸をいっぱいに満たしたものだった。

向かう先は、古典サークルの研究室である。夏休みの課題を進めるため、置きっぱなしになっていた本を取りに来たのだ。

中に入ると、夏休み中で誰もいないが、一人だけ、サークルの顧問である岸辺(きしべ)千夜子(ちよこ)がいてコーヒーを淹(い)れていた。どうやら弁当の昼食を終え、休憩しているようだった。

3

「あら水野君、コーヒー飲む？」

入ってきた澄夫に言い、彼が頷くとすぐ千夜子はもう一杯コーヒーを淹れて机に戻ってきた。

千夜子は三十歳の独身、間もなく准教授という秀才だが、髪を引っ詰めてメガネをかけ、スッピンで服装も気を遣わないタイプだから、気さくだが彼女に憧れる男子はいない。

しかし、澄夫は何度となくこの千夜子を妄想してオナニーしていたのだ。

実は、メガネを外すと美人ということも知っているし、巨乳でプロポーションも良いのである。

だから澄夫にとって、美沙子と出会うまでは、千夜子に初体験の手ほどきを受けたいと思っていたぐらいだった。

「頂きます」

澄夫は、自分の本をバッグに入れて言うと、隣の椅子に腰かけた。

「課題の自由研究は、何にするか決めた?」

「ええ、この土地に残る人魚伝説にしようかと」

「そう、いいわね」

彼が言うと、千夜子は頷いた。

どうやら多少の知識はあるようなので、澄夫も熱いブラックコーヒーを一口すすって訊いてみた。

「人魚って、何なんでしょうね」

「西洋では完全なファンタジーね。アンデルセンは悲恋、ディズニーアニメでは成就。そういえばディズニーの実写で『スプラッシュ』という人魚の映画があったわ。これも恋愛ファンタジー」

「DVD探してみますね」

「西洋は人魚姫との恋が主流だけど、基本的には人に災いをもたらす。ローレライもセイレーンも美しい歌声で船人を惑わして舟を沈める。日本では妖怪の一種で、とても美女とは言えないものばかり。人魚の肉は不老不死の薬という説もあるわね」

「ええ、それは知ってます」

「逆に安部公房の中編『人魚伝』では、美しい人魚の涙を飲むと、再生能力がついて、人魚がその人を食べ尽くしても、僅かに肉片を残せば翌朝には再生するという話があるわ」

「何か、興奮しますね。翌朝再生できるなら、毎晩食べられてもいいような気がします」

「そう、人魚を飼ったつもりが、逆に食料として飼われていたという話」

千夜子は言い、コーヒーを飲んだ。

「ところで、どうして人魚なの？　まさか海で見たりした？」

「いえ、この土地にも伝説があるというので、もし会えたら肉は食わないまでも体液でも飲んだら生命力が増して、僕みたいにダサい男でもモテるかも知れないなんて妄想しました」

「ダサくないわよ。なんだか夏休み前より生き生きしてるみたい」

千夜子が言い、レンズ越しにじっと彼を見つめた。やはり力を持つと、以前とは違って見えるのかも知れない。

「うちへ来る？　関連する本があるので貸してあげるわ」

千夜子が言い、コーヒーを飲み干して立ち上がった。

「今日は、もういいんですか？」

「ええ、資料を調べていたけど、もう一段落したから帰ろうと思っていたの」

千夜子が言うので、澄夫も何やら妖しい期待を抱いて従うことにした。

何しろ亜由と一回しただけで欲望はくすぶっているし、それでなくても新たな力を得て何度でもできそうなのだ。

一緒に研究室を出ると、二人は徒歩で大学を後にした。

実家は北海道らしいが帰省しないようだ。常に一人で、マイペースに研究だけ没頭している、どこのクラスにもいたガリ勉タイプである。

「先生は、彼氏とかいないんですか？」

「いないわ。さすがに処女じゃないけれど、付き合ったのは一人だけ。妻子のいる教授だったけど別れて二年目」

訊くと、千夜子が意外なことを正直に言ってくれた。

「そうだったんですか……」

「なんと二回り以上も年上よ。最初は私が十八だったから、ほとんど犯罪ね」

千夜子は笑って言うが、たったいま十八歳で処女の亜由を散らしたばかりの澄夫は複雑な心境だった。

もうその教授も他の大学へ行き、会うこともないようだった。

やがて住宅街の外れにあるハイツに着くと、千夜子はキイを出し、一階隅のドアを開けてくれた。

中に入ると、千夜子はドアを内側からロックした。

そのカチリという音で密室になり、澄夫は胸を高鳴らせて上がり込んだ。

中は広いワンルームタイプで、奥にベッドと机、手前にはテーブルがありキッチンも清潔だった。あとは、とにかくスライド式の本棚に所狭しと蔵書がひしめいていた。

「もうコーヒーはいいわね」

千夜子は言ってバッグから出した弁当箱を流しの水に浸け、彼を椅子に座らせて自分はベッドの端に腰を下ろした。

「ね、本を見るのは後回しにして、まず私とエッチしてみない?」

千夜子が、ざっくばらんに言ってきた。

全く日常会話の口調であるが、ほんのり頬が染まっている。欲求が溜まっていることもあるだろうが、それ以上に彼の発するオーラに引き寄せられたのかも知れない。

「い、いいですけど……」

あまりに唐突なので、澄夫は戸惑いながら答え、ムクムクと勃起してきた。

「私なんかタイプじゃないでしょうけど、彼女がいないなら欲望は大きいだろうから、誰とでもできるでしょう？　私も若い子なんて初めてだから、どうしてもしてみたいの」

「タ、タイプですよ。前から、ずっと千夜子先生に手ほどきされたいって妄想していたので……」

「まあ、それならもっと早く言えばいいのに」

彼の言葉に答え、千夜子は生ぬるく甘ったるい匂いを揺らめかせた。

それなら、本当に早く言えば良かったと思ったが、実際は今日会って、力を秘めた彼の雰囲気でその気になったのだろう。

「じゃ、ＯＫなら脱ぎましょう。私はすぐシャワー浴びてくるので」

「あの、一つだけお願いが」

「なに」

「は、初めてなので、ナマの匂いを知りたいからシャワーはあとで……」

また彼は無垢なふりをして言った。

「分かったわ。それで構わないのなら、実は私も待ちきれないぐらいなの。じゃ脱いで」

言いながら千夜子は自分からブラウスのボタンを外して脱ぎ、いかにも女教師らしいタイトスカートも下ろしていった。

澄夫も期待と興奮に胸を高鳴らせながら手早く脱ぎ、全裸になってベッドに横になった。

亜由と済んでシャワーも浴びず、亀頭にはまだ乾いた愛液やザーメン、破瓜の血のヌメリが残っているかも知れないが、ナマの匂いはお互い様だし、千夜子も興奮を高めているから気づかないだろう。

やはり枕には、千夜子の匂いが濃厚に沁みつき、その刺激が鼻腔から勃起したペニスに悩ましく伝わってきた。

彼女もブラを外し、最後の一枚を脱ぎ去ると見事な肢体を露わにし、今まで内に籠もっていた熱気が解放され、甘ったるい匂いが立ち籠めた。

最後に千夜子は束ねていた髪を解いて下ろし、さらりとセミロングの髪を肩に垂らすとメガネを外し、妖艶（ようえん）に整った素顔を晒した。

「あの、どうかメガネはそのままで……」

横になったまま澄夫は言った。

どうしても、日頃見慣れている顔の方が興奮するのである。それに彼女のメガネは、知的な印象の象徴である。

「そう、その方がありがたいわ。私もよく観察したいので」

千夜子はそう言ってメガネをかけ直し、レースのカーテンだけ引いた明るい部屋のまま、一糸まとわぬ姿でベッドに上がってきたのだった。

「まあ、こんなに勃って、嬉しいわ。すごく美味しそう……」

彼女は真っ先に彼の股間に熱い視線を注いで言い、幹に指を添えて先端にしゃぶりついてきた。

「あう……」

澄夫は唐突な快感に呻き、股間に熱い息を受けながら愛撫に身を委ねた。

千夜子は念入りにチロチロと尿道口に舌を這わせ、張り詰めた亀頭をくわえてチュッと吸いつき、そのまたぐるようにモグモグと喉の奥まで深々と呑み込んでいった。

熱い鼻息で恥毛をくすぐり、幹を締めつけて舌をからめ、たまにチラと目を上げて彼の様子を見た。

澄夫も恐る恐る股間を見ると、知的なメガネ美女が一心不乱におしゃぶりしている。

さらに彼女が顔を上下させ、スポスポと強烈な摩擦を開始すると、揺れる髪が下腹や内腿を心地よくくすぐった。

「アア、い、いきそう……」

彼がすっかり高まって口走ると、千夜子がスポンと口を離して顔を上げた。

「構わないわ。飲んであげるから、一度出して落ち着く？　どうせ続けてできるでしょう？」

彼女が股間から言う。澄夫が初の挿入で、あっという間に終わられるのを避けたいようだった。

千夜子は一人の男しか知らないようだが、教授は美沙子の夫や真綾の元彼などとは違い、年配で少女に手を出したのだから、それなりに淫欲も強く、細かな拘りを持って彼女を調教してきたのだろう。

だから千夜子も、気持ち良いことはためらわないという柔軟な姿勢を持っているようだった。

「い、いえ、まだ勿体（もったい）ないので、出すときは一つになってからが……」

澄夫が腰をよじって言うと、

「そう、分かったわ。じゃ私を好きにしていいわ」

すると千夜子も答えると素直に彼の股間を離れ、移動して添い寝してきたのだった。

澄夫は身を起こし、仰向けになった彼女の肢体を見下ろした。

美沙子ほどではないが豊かな膨らみが息づき、乳首も乳輪も意外なほど淡い色合いで初々しかった。

屈み込んでチュッと乳首に吸いつき、もう片方を手で探って顔中で膨らみを味わいながら舌で転がすと、

「アア……、いい気持ち……」

千夜子が熱く喘ぎ、すぐにもクネクネと身悶えはじめた。

やはり相当に欲求が溜まり、感じやすくなっているようだった。

彼は左右の乳首を交互に含んで舐め回し、ほんのり汗ばんだ胸元や腋から漂う、甘ったるい匂いに酔いしれていった。

そして両の乳首を充分に味わってから、彼女の腕を差し上げ腋の下に迫ると、なんとそこには実に艶めかしい腋毛が煙っていたのだった。

4

「わあ、なんて色っぽい……」

「ああ……恥ずかしいわ、彼の趣味だったのが、今も習慣になって手入れしていなくて……」

澄夫が歓声を上げると、千夜子は羞恥に身をくねらせて言った。

してみると、教授は良い趣味を持っていたようで、彼も新鮮な眺めに見惚(みと)れ、腋の下に鼻を埋め込んでいった。

腋毛は髪と違い恥毛に似た感触で、隅々には濃厚に甘ったるい、ミルクのような汗の匂いが馥郁(ふくいく)と籠もっていた。

ケアもせず、化粧もお洒落(しゃれ)もしない研究一筋の彼女は、あるいは教授が忘れられずに新たな彼氏を作らないのではないかと思った。

「アア、くすぐったいわ、汗臭いでしょう……」

「すごくいい匂い」

千夜子が悶えて言い、彼はうっとりと酔いしれながら答えた。

澄夫は充分に胸を満たすと、もう片方の腋の下にも鼻を埋めて匂いを貪ってから、もう一度左右の乳首を味わった。

そして白く滑らかな鼻を舐め降り、形良い臍を探り、腹部の弾力を顔中で味わってから、例により股間を避けて腰から脚を舐め降りていった。

チラと見ると案外に毛が濃く、股間には黒々と艶のある茂みがふんわりと煙っていた。

脚を舌で下降していくと、滑らかな脛にはまばらな体毛もあり、これも野趣溢れる魅力に映った。

足裏を舐め回して指に鼻を割り込ませると、そこは生ぬるい汗と脂にジットリ湿り、蒸れた匂いが濃く沁みついて鼻腔を刺激してきた。

澄夫は匂いを貪ってから爪先にしゃぶりつき、順々に指の股に舌を潜り込ませていった。

「あう……、汚いのに、いいの……?」

千夜子が呻き、腰をくねらせながらも拒みはしなかった。

全ての指の間を味わい、彼はもう片方の足も味と匂いが薄れるほどしゃぶり尽くしてしまった。

そして大股開きにさせて脚の内側を舐め上げ、白くムッチリした内腿をたどって股間に近づいた。しかし割れ目よりも先に、彼は千夜子の両脚を浮かせて尻に迫った。

谷間には、薄桃色したおちょぼ口の蕾がひっそり息づき、粘膜の光沢を見せて椿の花弁のように上下左右に微かな膨らみがあった。

これも実に艶めかしい形である。

鼻を埋めて嗅ぐと、顔中に弾力ある双丘が密着し、蒸れた汗の匂いに混じり秘めやかなビネガー臭が感じられ、悩ましく鼻腔を刺激してきた。

このハイツも大学もシャワートイレだろうが、生活するうちには思わず気体が漏れることもあり、その残臭があったのだろう。

もちろん澄夫は嫌ではなく、ごく普通に暮らしている美女のリアルな匂いということで興奮を高めた。

充分に匂いを味わってから舌を這わせ、細かに息づく襞を濡らしてヌルッと潜り込ませると、

「く……！」

千夜子が呻き、キュッと肛門で舌先を締めつけてきた。

澄夫は滑らかな粘膜を探り、微妙に甘苦い味覚を確かめながら、さらに舌を出し入れさせるように蠢かせた。

すると鼻先にある割れ目からは、白っぽく濁った愛液が溢れはじめたのだ。

ようやく脚を下ろして割れ目に迫り、指で陰唇を左右に広げると、息づく膣口の襞も白濁した粘液にまみれていた。

包皮を押し上げるクリトリスは小指の先ほどだが、亀頭をミニチュアにしたような形で光沢を放っている。

澄夫はじっくり観察してから顔を埋め込み、柔らかく茂った恥毛に鼻を擦りつけた。隅々には汗とオシッコの混じった匂いが蒸れて籠もり、悩ましく鼻腔を掻き回してきた。

彼は匂いを貪りながら舌を挿し入れ、淡い酸味のヌメリを探り、膣口からクリトリスまで舐め上げていった。

「アアッ……、いい気持ち……」

千夜子がビクッと身を反らせて喘ぎ、内腿で彼の顔を挟みつけてきた。

澄夫は腰を抱えて押さえつけ、チロチロと執拗に舌を這わせ、集中的にクリトリスを愛撫した。

「ゆ、指を入れて……、前にも後ろにも……」

　すると、千夜子が身悶えながら大胆に要求してきたのである。どうやら、それも教授にされた好みの愛撫らしい。

　澄夫は左手の人差し指を含んで唾液に濡らし、彼女の肛門に押し当ててゆっくり潜り込ませていった。さらに右手の指を膣内に差し入れると、

「そこは指を二本にして」

　彼女が言うので、いったん引き抜いて二本の指を膣口に押し込んでいった。

　女性が欲求を前面に出し、正直にせがんでくるのは嬉しかった。

　澄夫が、それぞれの穴に入った指で内壁を小刻みに擦りながら、なおもクリトリスに吸いつくと、

「あう、いい……、もっと強く動かして……」

　千夜子が呻いて言い、前後の穴できつく指を締めつけた。

　彼は肛門に入った指を出し入れさせるように動かし、膣内の二本の指で内壁を擦り、天井のGスポットも指の腹で圧迫した。

　愛液も大洪水のように溢れ、彼は匂いに酔いしれながら執拗にクリトリスを舐め回した。

「い、いきそうよ……、本物を入れて……」

たちまち絶頂を迫らせた千夜子が早口に言い、彼も前後の穴からヌルッと指を引き抜いた。

膣内にあった二本の指の間には愛液が膜を張り、指の腹は湯上がりのようにふやけてシワになり、白く濁ったヌメリにまみれていた。肛門に入っていた指に汚れの付着はなく、爪にも曇りは認められなかったが、嗅ぐと生々しい微香が感じられた。

「ね、上になってください……」

「いいわ……」

彼が言って横になると、千夜子もすぐ答えて身を起こした。

そして跨がる前に屈み込み、亀頭をしゃぶって唾液のヌメリを与えた。

股間に熱い息を籠もらせて舌をからめ、充分に濡れると顔を上げ、身を起こして前進してきた。

「いい？　なるべく我慢するのよ」

千夜子が教師の口調で言い、彼の股間に跨がった。そして幹に指を添え、先端に割れ目を押し当ててきた。

ゆっくり腰を沈めると、張り詰めた亀頭が潜り込み、あとは重みと潤いでヌルヌルッと根元まで呑み込まれていった。

「アアッ……、いい気持ち……」

完全に座り込むと、千夜子は顔を仰け反らせて喘ぎ、密着した股間をグリグリと擦りつけた。膣内は、若い無垢なペニスを味わうようにキュッキュッときつく締まり、やがて彼女は身を重ねてきた。

澄夫も締めつけと温もり、潤いと襞の摩擦に包まれ、暴発を堪えながら両手を回し、膝を立てて蠢く尻を支えた。

「アア、可愛い……」

千夜子が近々と顔を寄せて溜息混じりに言い、そのままピッタリと唇を重ねてきた。

すぐにもヌルッと舌が潜り込んできたので彼も歯を開いて受け入れ、ヌラヌラとからみつけた。メガネのフレームが頰に硬く当たり、二人の混じった息にレンズが曇った。

舌を舐め合いながら彼女が腰を遣いはじめたので、澄夫もズンズンと股間を突き上げ、なんとも心地よい摩擦を味わった。

「ああ……、いいわ、いきそうよ、まだ漏らさないで……」

千夜子が口を離し、淫らに唾液の糸を引きながら囁いた。ここまで来たら、やはり自分の絶頂に合わせてほしいのだろう。

彼が股間を突き上げるたび、新たに溢れる愛液が動きを滑らかにさせ、ピチャクチャと淫らな摩擦音が響いた。そして垂れてくるヌメリが陰嚢の脇を伝い、彼の肛門まで生ぬるく濡らしてきた。

知的なメガネ美女の熱く湿り気ある吐息は、花粉のように甘い匂いがして、それに昼食の名残らしいオニオン臭も混じり、悩ましく鼻腔が刺激された。

これも、ケアした無臭に近い吐息より、リアルな感じがして高まり、澄夫は彼女の口に鼻を押しつけて貪るように嗅いだ。

唾液の匂いも混じって鼻腔が掻き回され、必死に堪えながら股間を突き上げると、二人の動きは完全にリズミカルに一致し、股間をぶつけ合うほど激しいものになっていった。

「ああ、気持ちいい……」

彼が幹を震わせて言うと、

「い、いきそうよ、もう少し我慢して……」

千夜子も絶頂の大波を待つように息を詰めて答え、膣内の収縮を活発にさせていった。

「こ、ここが感じるの……」

千夜子が口走り、先端を膣内の一カ所に集中させはじめた。

すると、たちまち彼女がガクガクと全身を狂おしく痙攣させはじめたのだ。

「い、いっちゃう……、アアーッ……！」

オルガスムスに達した千夜子が声を上げると同時に、彼も収縮に巻き込まれて昇り詰めてしまった。

「あう……！」

突き上がる大きな絶頂の快感に呻き、彼は熱いザーメンをドクンドクンと勢いよく膣内にほとばしらせた。

「あう、もっと出して……！」

噴出で奥深い部分を直撃され、千夜子は駄目押しの快感に呻いて締めつけを強めた。彼も心ゆくまで快感を味わい、最後の一滴まで出し尽くして突き上げを弱めていった。

「ああ、良かったわ、最初から一致するなんて……」

千夜子も満足げに声を洩らし、肌の強ばりを解きながらグッタリと体重を預けてきた。まだ膣内が息づき、刺激された彼自身は過敏にヒクヒクと内部で跳ね上がった。

そして澄夫は重みと温もりの中、熱くかぐわしい美女の吐息を嗅ぎながら、うっとりと快感の余韻に浸り込んでいったのだった。

5

「ね、ここに立ってオシッコ出して……」

バスルームで身体を洗い流すと、澄夫は床に座り、目の前に千夜子を立たせて言った。さすがにバスルーム内では彼女もメガネを外しているので、見知らぬ美女を相手にしているように新鮮な興奮が湧いた。

「浴びたいの……？」

「うん、こうして」

彼は言い、千夜子の片方の足を浮かせてバスタブのふちに乗せ、開いた股間に顔を埋め込んで嗅いだ。

もう濃厚だった匂いは薄れてしまったが、やはり舐めると新たな愛液が溢れ、すぐにもヌラヌラと舌の蠢きが滑らかになった。

「アア……、出るわよ、いいの……？」

千夜子がガクガクと膝を震わせて言い、割れ目内部の柔肉を蠢かせた。

返事の代わりに構わず吸いついていると、急に温もりと味わいが変わり、熱い流れが口に注がれてきた。

「あう……」

千夜子が呻き、澄夫は夢中で味わいながら喉に流し込んだ。味と匂いは真綾のように、やや濃い刺激を含んでいたが興奮が増し、口から溢れた分も彼はうっとりと肌に浴びて陶然となった。

あまり溜まっていなかったようで、一瞬勢いがついたものの間もなく流れが治まり、彼は滴る雫をすすって柔肉を舐め回した。

「も、もうダメ……」

千夜子が言って脚を下ろし、椅子に座り込んだ。

澄夫はもう一度互いの全身をシャワーの湯で流し、支えながら彼女を立たせ、身体を拭いてバスルームを出た。

「勃ってるわ。一度じゃ足りないのね……」

ベッドに戻ると、再びメガネをかけてペニスを見た千夜子が頼もしげに言ったが、彼女もまだまだやる気でいるようだった。

顔を寄せて強ばりをしゃぶってくれ、たっぷりと生温かな唾液にまみれさせると、彼女が四つん這いになって尻を突き出してきた。

「後ろから入れてみて……」

言われて、澄夫も膝をついて股間を進め、バックから先端を膣口に押し込んでいった。

「アアッ……！」

ヌルヌルッと一気に根元まで挿入すると、千夜子が白い背中を反らせて喘ぎ、彼も締めつけと肉襞の摩擦に酔いしれた。

股間に当たる尻の丸みと弾力が心地よく、彼は腰を抱えて最初からズンズンと股間をぶつけるように突き動かした。さっき射精したばかりだから、少々動いても暴発の恐れはない。

「い、いいわ、もっと強く……！」

千夜子も潤いと収縮を高め、顔を伏せて言いながら尻を動かした。

澄夫は背中に覆いかぶさり、両脇から手を回して乳房を揉みしだき、髪に顔を埋めて匂いを貪った。セミロングの髪は湿っているが、さっき洗髪したわけではないので、まだ生ぬるい汗の匂いが籠もり、耳の裏側の蒸れた匂いも感じることができた。

しかし尻の感触は良いが、やはり顔が見えず唾液や吐息がもらえないのが物足りず、やがて彼は身を起こしていったんヌルッと引き抜いた。

「あう……」

千夜子が呻き、支えを失ったように突っ伏した。その身体を横向きにさせ、彼は松葉くずしの体位を試して挿入した。

上の脚を浮かせ、下の内腿に跨がってペニスを根元まで押し込み、上の脚に両手でしがみつくと、股間が交差して密着感が高まり、内腿の擦れ合う感触も心地よかった。

「アア、これもいいわ……」

千夜子が横向きになって喘ぎ、クネクネと腰を動かし、彼も出し入れさせて快感を高めた。そして引き抜き、正常位でみたび挿入して身を重ねると、彼女が激しくしがみついてきた。

「ど、童貞だったなんて嘘でしょう……、上手すぎるわ……」

千夜子がレンズ越しに熱い眼差しで見上げ、収縮を強めながら囁いた。

「ネットで見て覚えただけです」

澄夫は答え、のしかかりながら腰を遣い、上から唇を重ねていった。

「ンンッ……！」

千夜子も熱く呻いて舌をからめ、ズンズンと股間を突き上げてきた。ヒタヒタと揺れてぶつかる陰嚢も、溢れる愛液に生温かくまみれた。

しかし彼女が、突き上げをやめたのだ。

「ね、やっぱり上になりたいわ……」

千夜子が言う。すっかり高まると、やはり最後は好きに動ける女上位を望んできたのだった。

澄夫も身を起こして股間を引き離し、仰向けになると彼女も入れ替わりに身を起こし、すぐにも跨いで上から嵌め込んできた。

「あう……、感じるわ……」

彼女が股間を密着させて呻き、内部の感じる部分を執拗に先端で味わった。

そして身を重ねてくると、彼も両手で抱き留め、膝を立てて尻を支えた。

「人魚に食べられたいと言ったわね。私でもいい？」

千夜子は近々と顔を寄せて囁き、彼の頬にキュッと歯を立ててきた。

「あう、気持ちいい、もっと強く……」

澄夫も甘美な刺激に呻いて言うと、千夜子は咀嚼するようにモグモグと嚙み、本当に食べているようにコクンと喉を鳴らしてくれた。

彼は怜奈の強い力を宿しているので、渾身の力で嚙まれても歯形などつかないだろうが、さすがに千夜子も、痕がつくほど力を込めて嚙むようなことはしなかった。

「こっちも嚙んで……」

澄夫はズンズンと股間を突き上げ、心地よい摩擦でいよいよ絶頂を迫らせながら言うと、彼女も反対側の方を甘く嚙んでくれた。

愛液の量が増して互いの股間がビショビショになり、千夜子も腰を遣いながら収縮を活発にさせていった。

澄夫は彼女の喘ぐ口に鼻を押しつけて濃厚な吐息を嗅ぎながら、

「ね、何度も空気を呑み込んでゲップしてみて」

さらに濃い刺激を求めてしまった。

「いいの？　うんと嫌な匂いかも」

「大丈夫、もっと好きになりそう……」

答えると千夜子も何度か空気を呑み込んで喉を鳴らすと、澄夫は彼女の下の歯を自分の鼻の下に引っかけてもらった。彼女が何でもしてくれるのも、おそらく他の男とは違い性癖に拘りのある教授の教えを受け、どんな要求にも柔軟なようだった。

花粉臭とオニオン臭の混じった口腔の熱気とともに、歯の裏側の微かなプラーク臭も感じられ、彼は興奮を高めて股間の突き上げを激しくさせた。

「あ……」

やがて絶頂を迫らせながら千夜子が喘ぐと同時に、ケフッと軽やかなおくびを洩らしてくれた。美女の吐き出す生臭くも艶めかしい刺激で鼻腔を満たし、とうとう澄夫は昇り詰めてしまった。

「い、いく、気持ちいい……！」

大きな快感とともに口走り、同時にありったけの熱いザーメンがドクンドクンと勢いよくほとばしって柔肉の奥を直撃した。

「ヒッ……、い、いく……、アアーッ……！」

噴出を感じた途端に息を呑んで喘ぎ、千夜子も続いてガクガクと狂おしいオルガスムスの痙攣を開始した。

粗相したように大量に漏れる愛液と膣内の収縮に、彼は駄目押しの快感を得ながら身を震わせ、心置きなく最後の一滴まで出し尽くしてしまった。

千夜子が喘いでいる間も澄夫は熱い吐息を嗅ぎながら股間を突き上げていたが、やがて力を抜いていくと同時に、濃厚だった彼女の匂いも徐々に薄れて元の花粉臭に戻っていった。

完全に動きを止めると、彼女も全身の強ばりを解き、

「ああ……、良かったわ、すごく……」

満足げに声を震わせて言い、遠慮なくもたれかかってきた。

いつまでも膣内の収縮が繰り返され、射精直後のペニスがヒクヒクと過敏に震え、彼は荒い呼吸を整えた。そしてメガネ美女の匂いと温もりに包まれながら、うっとりと余韻を味わった。

しばし重なっていたが、やがて千夜子がそろそろと股間を引き離して移動し、愛液とザーメンにまみれている亀頭にしゃぶりついてきた。

「あう……、どうか、もう……」

澄夫は腰をくねらせて呻いたが、彼女は念入りに舌をからめてヌメリを吸い取ってくれた。

するると満足げに萎えかけて無反応だったペニスも、刺激されるうち、またムクムクと反応してしまったのだ。

これはやはり、怜奈にもらった力によるものだろう。

「勃ってきたわね。最後は飲ませて」

千夜子が口を離して言った。

どうやら膣で果てるのは、もう充分だったようだ。そして再びしゃぶりつき、喉の奥までスッポリと呑み込んでいったのだった……。

第五章　女子大生に挟まれて

1

「亜由です。いま真綾さんとお昼を終えて、マンションへ遊びに行くのだけど、一緒にいかがですか」

翌日の昼過ぎ、亜由から澄夫にライン電話が入った。

昨日は千夜子に貪欲(どんよく)に吸い出され、さすがに心地よい疲労に包まれて夕方帰宅した澄夫だったが、もちろん今日はすっかり元気を取り戻していた。

ブランチを終えたところで、午後は千夜子に借りた本でも読もうと思っていたのだが、美女たちの誘いなら断る理由はない。

「うん、分かった。行かれるよ」

「それなら真綾さんが車で寄ってくれるって。十五分後ぐらいに着きます」

彼が答えると、亜由はそう答えて切った。澄夫は急いでシャワーを浴び、歯磨きを済ませると身繕いして待機した。

亜由と真綾が二人でいるというのだから、淫らな展開になるとは限らないが、万一ということがある。

気が急くので、アパートを出て戸締まりをし、外で待つことにした。

すると思っていたよりも早く真綾の車が到着してくれ、彼は後部シートに乗り込んだ。

「課題やっていたんですか？」

「うん、でも急ぐこともないから」

助手席の亜由が振り返って言い、澄夫が答えると車はスタートした。車内には二人分の女子大生の匂いが生ぬるく籠もっていた。

真綾は真っ直ぐマンションに行って駐車場に停め、三人は降りて五階の部屋へと上がった。

「じゃこっちへ。冷たいものはあとでいいわね」

真綾が言い、すぐにも二人を寝室に招き入れた。

すると、すでに打ち合わせていたらしく、真綾と亜由がためらいなく服を脱ぎはじめたのである。

「え？　まさか、三人で……？」

澄夫は期待が的中し、猛烈に股間を熱くさせながら言った。

「ええ、聞いたわ。亜由の処女を奪ったって。これから二人でお仕置きをするのよ。早く脱いで寝て」

真綾が言い、二人は甘ったるい匂いを漂わせながら、見る見る肌を露わにしていった。亜由は包帯も取れ、僅かに傷跡はあるが間もなく消えるだろう。

どうやらレズごっこをしてきた二人は何でも話し合い、昼食を取りながら色々と計画を練っていたようだ。

澄夫も手早くシャツと短パン脱ぎ去り、全裸になって真綾の体臭の沁みついたベッドに仰向けになった。そして勃起した幹をヒクヒク震わせながら、脱いでゆく二人を眺めた。

たちまち二人の女子大生も一糸まとわぬ姿になり、彼を挟みつけるように左右から身を寄せてきたのだ。

「すごい勃ってる、お仕置きされるのに……」

亜由が悪戯っぽく肩をすくめて言い、やがて申し合わせていたように二人は同時に屈み込んで、彼の左右の乳首にチュッと吸いついてきたのだ。

「あう……」

澄夫はダブルの刺激に呻き、ビクリと肌を震わせて反応した。

「何をされてもじっとしているのよ」

真綾が言い、チロチロと乳首に舌を這わせると、亜由も同じように舐め回してくれた。二人の熱い息が肌をくすぐり、微妙に異なる舌のヌメリが左右の乳首を愛撫した。

なんという贅沢な快感であろうか。

「か、嚙んで……」

クネクネと身悶えながら言うと、二人も綺麗な歯並びで両の乳首をキュッと嚙んでくれた。

「く……、気持ちいい、もっと強く……」

彼が言うと、二人もやや力を強め、キュッキュッと咀嚼するように歯を立ててくれた。さらに二人は移動してゆき、脇腹にも舌を這わせて下降すると、たまに肌を嚙んでくれた。

澄夫は、昨日も千夜子に頰を嚙んでもらったが、今は二人の女子大生たちに少しずつ食べられていくように快感に包まれた。

二人は日頃の彼の愛撫のように、股間を避けて脚を舐め降りていった。

すると二人は彼の足裏を舐め、左右の爪先にしゃぶりついてきたのである。

「あう、いいよ、そんなことしなくて……」

澄夫は申し訳ないような快感に呻いて言ったが、二人は濃厚な愛撫を続け、全ての指の股にヌルッと舌を割り込ませてきた。

まるで彼を悦ばせるためというより、飢えた牝獣が獲物を貪っているかのようである。

彼は生温かな泥濘を踏む思いで快感を味わい、唾液にまみれた足指で二人の滑らかな舌を挟みつけた。

やがてしゃぶり尽くすと、二人は彼を大股開きにさせて脚の内側を舐め上げ、内腿にもキュッと歯並びを食い込ませた。

「アアッ……！」

澄夫は甘美な刺激に喘ぎ、同時に股間へと迫る愛撫に高まった。

やがて頬を寄せ合い、二人の熱い息が股間に混じり合うと、真綾が彼の両脚を浮かせ、先に尻の谷間を舐めてくれた。

チロチロと肛門を舐めて濡らし、ヌルッと潜り込ませると、

「あう、気持ちいい……」

彼は呻き、キュッと肛門で舌先を締めつけた。

真綾は内部で舌を蠢かせ、その間に亜由は尻の丸みを舐めたり噛んだりしてくれた。そして真綾が口を離すと、すぐに亜由も肛門をチロチロと舐め、中に潜り込ませてくれた。

レズごっこをしただけあり、互いの唾液を舐めても全く嫌ではないのだろう。

澄夫は腰をくねらせながら、美少女の舌先を肛門でモグモグと締めつけ、尿道口からヌラヌラと粘液を滲ませた。

亜由が舌を引き離すと彼の脚が下ろされ、二人は同時に股間に潜り込んで息を籠もらせ、陰嚢にしゃぶりついてきた。

それぞれの睾丸が心地よく舌に転がされ、袋全体は混じり合った唾液に生温かくまみれた。

そしていよいよ二人は同時に身を乗り出し、屹立して震えている肉棒の裏側と側面を舐め上げてきたのだ。

まるで美人姉妹が、一本のキャンディを同時に味わっているようだ。

滑らかな舌が幹を這い上がると、粘液の滲む尿道口もチロチロと交互に舐められた。

「アア……」

彼は夢のような快感に喘ぎ、二人も代わる代わる張り詰めた亀頭をしゃぶり、吸いつきながらチュパッと離すと、すかさず交替した。

それが繰り返されると、微妙に異なる温もりと感触だが、もうどちらに含まれているのか分からないほど澄夫は快感に朦朧となっていった。

ときに喉の奥まで深々と呑み込まれ、舌がからまり、それが交互に延々と繰り返されるのである。

ダブルの感触と刺激だから、彼の絶頂も倍の速度で迫ってきた。

「い、いきそう……」

警告を発したが、二人は一向に強烈な愛撫をやめない。

まず一度目は口で射精させ、それから二人が満足するまで解放してくれないつもりなのだろう。

それなら、何度でもできるだろうから望むところである。

澄夫は我慢するのをやめ、二人の望み通り一度昇り詰めようと思った。

含まれて摩擦されると、彼もズンズンと股間を突き上げ、

「い、いく……、アアッ……！」

たちまち絶頂の快感に包まれて喘ぎ、熱い大量のザーメンをドクンドクンと勢いよくほとばしらせてしまった。

「ンン……」

ちょうど含んでいた亜由が喉の奥を直撃されて呻き、反射的にスポンと口を離すと、すかさず真綾が亀頭にしゃぶりつき、頬をすぼめて余りのザーメンを吸い出してくれた。

「あうう、気持ちいい……」

彼は股間を突き上げながら呻き、心置きなく真綾の口の中に最後の一滴まで出し尽くしてしまった。

すると真綾も全て受け止め、もう出なくなると吸引と摩擦をやめ、口に溜まったザーメンをゴクリと飲み込んでくれた。

そして口を離すと幹をしごいて余りを搾り、尿道口から滲む雫まで、二人でペロペロと舐め取ってくれた。もちろん亜由も、口に飛び込んだ濃厚な第一撃は飲み干していた。

「も、もういい、ありがとう……」

二人の舌の刺激に彼は呻き、ヒクヒクと過敏に幹を震わせた。

しかし、あくまで彼の意向などどうでもよく、二人は気が済むまで舌を這わせてペニスを綺麗にしてくれた。

女同士の舌が触れ合っても構わず、それを見ているだけで澄夫は回復しそうになってしまった。

ようやく二人は舌を引っ込めて顔を上げ、すでに次の行動が決まっているように目を見合わせたのだった。

2

「いい、回復するまで二人で好きにするわね」

真綾が言って立ち上がり、澄夫の顔の横に立つと、亜由も同じようにした。

顔の左右から真上に、ニョッキリと健康的な脚が二人分伸び、遙(はる)か上の方から二人の美しい顔がこちらを見下ろしていた。

向かい合わせに立った二人は身体を支え合いながら、それぞれ片方の足を浮かせて彼の顔に乗せてきた。

「ああ……」

澄夫は、してほしいことを言わなくてもされて喘いだ。

二人の足裏は生温かく湿り、彼はそれぞれに舌を這わせ、指の間に鼻を埋め込んで嗅いだ。どちらも汗と脂に蒸れ、濃い匂いをたっぷり沁みつかせて鼻腔が刺激された。

しかも、温もりも味も二人分なので、射精したばかりなのに彼自身はたちまちピンピンに元の硬さと大きさを取り戻してしまった。

爪先にしゃぶりつき、順々に指の股に舌を割り込ませてゆくと、

「アアッ……、くすぐったいわ……」

彼の上で、二人がしがみつき合って喘いだ。

しゃぶり尽くすと足が交代され、彼はそちらも新鮮な味と匂いを二人分充分に味わった。

やがて二人が足を離し、先に真綾が顔に跨がり、ゆっくりとしゃがみ込んできた。和式トイレスタイルで脚がM字になると、引き締まった内腿がさらに張り詰め、すでに濡れている割れ目が鼻先に迫った。

すると、なんと亜由が澄夫の隣に横になり、彼と一緒になって真綾の割れ目を見上げたのだ。

「綺麗な色……。私のもこう?」

「うん、クリトリスはこんなに大きくないけどね」

　亜由が囁くので、彼も真綾の大きく突き立ったクリトリスを見上げて答えた。

「ああ……」

　真綾は、二人分の視線を真下から受けながら喘ぎ、今にもトロリと滴りそうなほど割れ目内部を愛液でいっぱいに満たした。

　澄夫は真綾の腰を抱き寄せ、茂みに鼻を埋め込んで汗とオシッコの蒸れた匂いを貪り、悩ましく鼻腔を刺激されながら舌を這わせていった。

　淡い酸味のヌメリで膣口の襞を掻き回し、大きなクリトリスまで舐め上げていくと、

「あう……、いい気持ち……」

　真綾が呻き、座り込みそうになるたび両足を踏ん張り、浮き立った腹筋が引き締まった。

「私も……」

　すると亜由が言い、顔を割り込ませてきたので澄夫は口を離した。亜由は厭わず、同性のクリトリスにチュッと吸いついていった。

「アアッ……、亜由が舐めているの……？」

真綾が息を弾ませ、クネクネと腰をよじった。

澄夫は真綾の尻の真下に潜り込み、顔中に双丘を受け止めて谷間の蕾に鼻を埋めた。蒸れた汗の匂いを嗅いでから、レモンの先のように突き出たピンクの蕾を舐め回し、ヌルッと潜り込ませると、

「く……」

彼女が呻き、肛門で舌先を締めつけてきた。

「も、もうダメ、交替よ……」

前後を舐められ、真綾が降参するように言ってビクリと股間を引き離した。

そして場所を空けると亜由が身を起こし、ためらいなく彼の顔に跨がり、しゃがみ込んできたのだ。

鼻先に迫る可憐な割れ目は、真綾に負けないほど大量の蜜にヌラヌラとまみれていた。

楚々とした恥毛に鼻を埋めると、やはり汗とオシッコの蒸れた匂いに混じり、ほのかなチーズ臭が悩ましく鼻腔を掻き回してきた。

彼は胸を満たし、舌を這わせて清らかな蜜をすすった。

「アアッ……、いい気持ち……」

膣口からクリトリスまでゆっくりと舐め上げると、亜由が熱く喘ぎ、トロトロと新たな蜜を漏らした。

彼は味と匂いを貪り、やはり尻の真下に潜り込んで谷間の蕾に鼻を埋め、蒸れた微香を嗅いだ。

すると真綾が彼のペニスにしゃぶりつき、あらためて唾液にまみれさせると身を起こし、女上位で跨がってきたのだ。

先端に割れ目を当て、ヌルヌルッと一気に膣口に受け入れ、

「ああ……、いい……」

股間を密着させて喘ぐと、味わうように締めつけ、前にしゃがみ込んでいる亜由の背にもたれかかった。澄夫も真綾の温もりと締めつけに包まれ、快感を味わったが今はまだ暴発の心配もない。

彼は亜由の肛門に舌を挿し入れ、滑らかな粘膜を味わった。

「あう……」

亜由もか細く呻き、蕾を収縮させて舌先を締めつけ、割れ目からは泉のように蜜を垂らして彼の顔を生ぬるく濡らした。

真綾がスクワットするように股間を上下させ、クチュクチュと湿った摩擦音を立てて潤いと収縮を増していった。

「す、すぐいきそうよ、もうダメ……、アアーッ……！」

彼女が声を上ずらせると、澄夫も下からズンズンと股間を突き上げて、ヌメリと収縮を味わった。たちまち真綾はガクガクと狂おしく痙攣し、亜由の背にしがみつきながらオルガスムスに達してしまった。

もちろん彼は漏らすこともなく、保ち続けることができた。

やがて真綾が満足げに力を抜き、まだ勃起したままのペニスの刺激を避けるように、そろそろと股間を引き離してゴロリと横になった。

すると亜由が彼の上を移動し、ペニスに跨がってきた。

張り詰めた亀頭が真綾の愛液にまみれて光沢を放ち、その先端に亜由は割れ目を押し当て、自分からゆっくり腰を沈めて膣口に受け入れていった。

ヌルヌルッと根元まで嵌まり込むと、

「あん……！」

亜由が顔を仰け反らせて喘ぎ、股間を密着させキュッと締め上げてきた。

もう破瓜の痛みより、一つになった充足感の方が大きいようである。

しかも真綾の凄まじい絶頂を目の当たりにしたので、自分もそうなりたいと思ったのだろう、すぐにも腰を動かしはじめた。

澄夫は、温もりも感触も微妙に異なる美少女の膣内で幹を震わせ、いよいよ快感を高めて亜由を抱き寄せた。

彼女が身を重ねてくると、澄夫は両膝を立てて尻を支え、潜り込むようにしてピンクの乳首にチュッと吸いついた。

左右の乳首を含んで舌で転がし、顔中で張りのある膨らみを味わってから、さらに腋の下にも鼻を埋め、甘ったるい汗の匂いで胸を満たした。

澄夫は、隣で放心している真綾も引き寄せ、その乳首を味わった。

やはり二人いるのだから、平等に味わいたい。

真綾の両の乳首も存分に舐め回し、腋の下に顔を押しつけ、濃厚な体臭に酔いしれた。

二人とも午前中は一緒に歩き回り、ランチをしてから澄夫と合流したので、半日分の匂いが程よく沁みついていた。

澄夫は、二人の乳首と腋を心ゆくまで堪能し、亜由の膣内にズンズンと股間を突き上げていった。

「アア……、か、感じる……」

亜由が、すっかり熱く喘ぎ、合わせて股間を上下させはじめた。

彼も高まりながら摩擦快感に酔いしれ、亜由と真綾の顔を同時に引き寄せ、三人で唇を重ねた。

「ンン……」

徐々に息を吹き返しはじめた真綾も熱く呻き、嫌がらず三人でチロチロと舌をからめた。

二人の混じり合った息に彼の顔中が生ぬるく湿り、それぞれの舌が滑らかに蠢くたび、清らかな唾液が彼の口に流れ込んだ。澄夫は、小泡が多くミックスされたシロップを味わい、うっとりと喉を潤した。

突き上げを強めると、亜由が舌を出していられず熱く喘いだ。

「アア……、い、いい気持ち……」

早くも膣感覚の快感に目覚めはじめ、湿り気ある甘酸っぱい吐息を弾ませた。

真綾の口からはシナモン臭の息が洩れ、二人とも昼食の名残で実に濃厚に彼の鼻腔を刺激した。

澄夫は、亜由の果実臭と真綾のシナモン臭で急激に昇り詰めていった。

「く……！」

とうとう肉襞の摩擦と締めつけの中で絶頂に達し、彼は激しく股間を突き上げた。そして二人のかぐわしい口に鼻を擦りつけ、ヌメリと匂いの中で勢いよく熱いザーメンをほとばしらせてしまった。

「あう、熱い……」

亜由が噴出を感じて口走り、さらにきつく締め上げてきた。

まだオルガスムスには到らないが、大きな快感の兆しに戸惑いながらクネクネと身悶えていた。

澄夫は、二人分の温もりと匂いの中で快感を噛み締め、心置きなく最後の一滴まで出し尽くしていった。

「ああ……」

うっとりと喘ぎ、満足しながら突き上げを止めると、亜由も力を抜いてグッタリと体重を預けてきた。

彼自身は美少女の膣内で過敏にヒクヒクと跳ね上がり、

「も、もうダメ……」

亜由も言って、敏感になった股間を引き離していった。

するると真綾が身を起こし、愛液とザーメンにまみれた亀頭にしゃぶりついてきたのだ。

「あう……、も、もう勘弁……」

うっとりと快感の余韻に浸っていた澄夫は、舌と吸引の刺激に腰をよじり、降参するように呻いたのだった。

3

「もう少しで、亜由もいけそうね」

バスルームで三人身を寄せ合ってシャワーを浴びると、真綾が言った。

「ええ、なんだか奥が熱くなって、知らない感覚が押し寄せてくるようだったわ」

亜由も、自身に芽生えた気持ちを思い出すように答えた。

もちろん澄夫は、二人が身体を洗って匂いが消えても、二回の射精では気が済むはずもなかった。

何しろとびきり魅力的な女子大生が二人もいるのだから、回復力も快感も倍加しているようだった。

「じゃ、ここに立って両側から肩を跨いでね」

澄夫はバスルームの床に座って言い、二人を左右に立たせた。

すると二人も素直に従い、彼の肩に跨がり、顔に股間を突きつけてくれた。

「オシッコかけて」

言うと亜由はビクリと尻込みしたが、真綾が下腹に力を入れるのを見て、急いで自分も尿意を高めはじめた。やはり後れを取ると注目され、ますます出なくなってしまうだろう。

澄夫は左右の割れ目に交互に顔を埋め込み、すっかり薄れた匂いを貪り、舌を這わせた。二人とも、すぐにも新たな愛液を滲ませて舌の動きを滑らかにさせていった。

「アア、出るわ……」

先に真綾が声を震わせ、割れ目内部の柔肉を妖しく蠢かせた。

舌を這わせると味わいと温もりが変わり、間もなくチョロチョロと熱い流れがほとばしってきた。

澄夫は舌に受けて味わい、やや濃い匂いを堪能しながら喉に流し込んだ。

「あう、いいのね、出ちゃう……」

するると、ようやく亜由も小さく呻き、彼の肩にポタポタと温かな雫を滴らせ、すぐにもチョロチョロと、か細い流れを注いできた。

彼はそちらにも顔を向けて舌を伸ばし、温かく清らかな流れを味わい、喉を潤していった。

その間に、勢いのついた真綾の流れが肌に注がれた。

二人分となると混じり合った匂いも悩ましく鼻腔を刺激し、彼は交互に味わいながら、肌を伝う流れに浸されながらピンピンに回復していった。

あまり亜由は溜まっていなかったか、間もなく勢いを弱め、真綾も全て出し切ってしまったようだ。

彼は滴る雫を代わる代わる舌に受けて味わい、残り香の中で二人の濡れた割れ目を舐め回した。

「ああ……、変な気持ち……」

亜由が言い、ビクッと股間を引き離して座り込んでしまった。

真綾も股間を引き離し、また三人でシャワーの湯を浴びると、身体を拭いて部屋のベッドに戻っていった。

「まだできるのね。嬉しい。今度は私の中でいって」

勃起したペニスを見て、真綾が嬉しげに言った。

そして二人は同時に屈み込み、また舌をからめてペニスをしゃぶってくれたのである。

澄夫は、股間に混じり合った熱い息を受け、それぞれの舌に翻弄されながらヒクヒクと幹を上下させた。二人は交互にスッポリと呑み込んで舌をからめ、たっぷりと唾液に濡らしてくれた。

「ああ……、気持ちいい……」

やがて真綾が身を起こすと、自転車にでも跨がるようにヒラリと仰向けの彼の股間に跨がり、幹に指を添えて先端を膣口に合わせた。

息を詰めて座り込むと、また彼自身はヌルヌルッと心地よい肉襞の摩擦を受けて根元まで呑み込まれていった。

「アアッ……！」

真綾が顔を仰け反らせて喘ぎ、股間を密着させてすぐにも身を重ねてきた。

すると亜由も添い寝し、横からピッタリと彼に肌を押しつけた。

澄夫は両膝を立てると、左手で真綾を抱き留め、右手は亜由の割れ目を探りはじめた。

愛液のついた指の腹で小刻みにクリトリスを擦ると、

「アア……、いい気持ち……」

亜由が熱く喘ぎ、新たな蜜で指の動きを滑らかにさせた。

真綾も腰を動かしはじめ、彼の胸に乳房を押しつけ、恥毛を擦れ合わせるとコリコリする恥骨の感触も伝わってきた。

「ね、唇に唾を溜めて、強くペッて吐きかけて」

澄夫もズンズンと股間を突き上げながら言うと、

「そんなことされたいの……？　本当、中で悦んでいるわ……」

真綾が、膣内の幹の震えを感じて答えた。

「じゃ、亜由もするのよ、一緒に」

言われて、クリトリスへの指の刺激に亜由も喘ぎながら、懸命に唾液を分泌させはじめた。

そして真綾が口を寄せてペッと勢いよく吐きかけると、亜由も迫って同じようにしてくれた。

「アア、もっと強く……」

さらにせがむと、二人とも強く吐きかけてくれた。

澄夫は、顔中に二人のかぐわしい吐息を受け、生温かな唾液の固まりを鼻筋や頬に受けて高まった。

「顔中ヌルヌルにして……」

言うと二人も顔を寄せて舌を這わせ、彼の鼻の穴から頬、耳の穴まで舐め回してくれた。それは舐めるというより、吐き出した唾液を舌で塗りつけるようで、たちまち彼の顔中は美人女子大生たちのミックス唾液でヌルヌルにまみれて悩ましい匂いを漂わせた。

「い、いく……、アアッ……！」

ダブルの愛撫と匂いにひとたまりもなく、澄夫は口走るなり、そのまま絶頂に達してしまった。そしてありったけの熱いザーメンをドクンドクンと勢いよくほとばしらせると、

「い、いいわ……、ああーッ……！」

噴出を受け止めた真綾もガクガクと狂おしい痙攣を開始して声を上げ、

「いっちゃう……！」

クリトリスをいじられていた亜由も声を洩らし、ヒクヒクとオルガスムスの痙

攣を繰り返しはじめたのだった。

どうやら三人が絶頂を一致させ、熱く喘いで身悶えていた。

澄夫は二人分の唾液のヌメリと吐息の匂い、肉襞の摩擦と締めつけを味わい、心置きなく最後の一滴まで出し尽くしていった。

あとは声もなく、真綾は激しく股間を擦りつけ、飲み込むように膣内を収縮させていた。

やがて彼が突き上げを止めてグッタリと身を投げ出すと、

「も、もういいわ……」

亜由が息を詰めて言うなり澄夫の手を股間から突き放し、身を寄せて荒い息遣いを繰り返した。真綾もいつしか強ばりを解き、遠慮なく体重を預けて彼にもたれかかっていた。

彼はヒクヒクと膣内で幹を過敏に震わせ、二人分の唾液と吐息の匂いで鼻腔を刺激されながら、うっとりと快感の余韻を味わったのだった。

何やら、二人もの美しい女子大生たちを一度に相手にするというのは、お祭のような華やかさがあった。

しかし反面、スポーツのような明るさがあるので、男女一対一の密室という淫靡さに欠けるというような、贅沢な感想を澄夫は抱いたものだった……。

4

「今日から、また毎日来てくださる？　そろそろ皆の集まる日が近いので」

澄夫が海の家の様子を見にいくと、美沙子が言った。

海は静かで、もうゴミ一つ落ちていなかった。海の家も、もう機材は運び終わり、電気も水道も使え、シャワーにはお湯も出るし、食器類やバーベキューの用意なども調っている。

あとは前日にでも、食材を運び込むだけだろう。

来訪者は、浜中家の親戚や、美沙子の夫の友人たちのようで、何組かは別荘の二階に一泊するらしい。

やがて美沙子と澄夫は、海の家のチェックを終えると別荘へ戻った。

亜由は、自宅マンションの方で友人たちと過ごしているらしい。

夏休みだから、帰省しなかった連中と年中一緒に勉強したり、ランチを囲んでいるようだった。

お手伝いたちも、忙しくなる当日に備えて休んでもらっているようだ。

だから、別荘には美沙子と二人きりで、それで彼は、大した仕事もないのに昼過ぎにラインで呼び出されたのだろう。

美沙子も欲望を隠さず、色白の頬をほんのり染めてすぐにも澄夫を寝室に招き入れた。

「アア、会いたかったわ……」

密室に入ると、彼女は感極まったように言い、立ったまま澄夫を抱きすくめてきた。

甘ったるい匂いに包まれ、服を通して巨乳と熟れ肌の弾力も伝わって、彼は激しく勃起していった。熱烈に唇が重なり、舌がからむと、美沙子の甘い化粧の香りとともに、熱い鼻息が彼の鼻腔を心地よく湿らせ、ネットリと舌がからみついてきた。

生温かな唾液に濡れた舌が滑らかに蠢き、澄夫はうっとりと酔いしれた。

そして密着する股間から、彼の強ばりが伝わって気づいたように、美沙子がそっと唇を離した。

「うれしいわ、こんなに勃って……。早く脱ぎましょう」

彼女が言って、自分からブラウスのボタンを外しはじめていった。

澄夫も手早くTシャツと短パン、下着を脱ぎ去り、たちまち全裸になると美熟女の体臭の沁みついたベッドに横たわった。

いつものように、誰に呼ばれようと急いでシャワーは浴びて出てきていた。

美沙子も気が急いているように脱いでゆき、見る見る白い熟れ肌が露わになっていった。

初回は緊張や戸惑いもあっただろうが、あまりに快感が得られたので、今回は戸惑いよりも期待の方が大きいようだ。

最後の一枚も脱ぎ去ると、美沙子は一糸まとわぬ姿になってベッドに上がってきた。

巨乳が揺れ、生ぬるく甘ったるい汗の匂いがさらに濃く感じられるので、彼女はシャワーを浴びていないようだ。

そして美沙子は、いきなり彼の股間に屈み込むと、幹を指で支え、チロチロと先端を舐め回し、張り詰めた亀頭にしゃぶりついてきたのだ。

「ンン……」

熱く鼻を鳴らし、そのままスッポリと喉の奥まで呑み込むと、幹を丸く締めつけて吸い、口の中では舌が滑らかにからみついてきた。

息が股間に籠もり、さらにスポスポと摩擦されると彼自身は最大限に膨張し、全身に快感が広がっていった。

「ああ、気持ちいい……」

澄夫が腰をよじって喘ぐと、やがて美沙子は、たっぷりと唾液にまみれさせるとスポンと口を離し、添い寝してきた。

「いいわ、入れて……」

仰向けになって言われたが、もちろんすぐ挿入して果てるつもりはなく、彼は身を起こして美沙子の足に屈み込んでいった。

彼が足裏に舌を這わせ、形良く揃った指の股に鼻を割り込ませると、今日も濃厚に蒸れた匂いが沁みつき、彼は充分に嗅いでからペディキュアの塗られた爪先にしゃぶりついて汗と脂の湿り気を味わった。

「あう、そんなことはいいから……」

美沙子が腰をくねらせて呻いたが、拒みはせず、彼は両足とも存分に味と匂いを貪り尽くしたのだった。

やがて大股開きにさせ、脚の内側を舐め上げ、白くムッチリと量感ある内腿をたどり、熱気と湿り気の籠もる股間に迫った。

割れ目は陰唇の外にまでヌラヌラと愛液が溢れ、指で広げると亜由が生まれ出た膣口も挿入を望むように息づいていた。

顔を埋め込み、柔らかな茂みに籠もる汗とオシッコの蒸れた匂いを貪り、舌を挿し入れて淡い酸味のヌメリを掻き回した。

ツンと突き立ったクリトリスをチロチロと舐めると、

「アア……、いい気持ち……」

美沙子が身を反らせて喘ぎ、内腿で彼の顔を挟みつけてきた。

澄夫は味と匂いを堪能し、さらに彼女の両脚を浮かせ、見事に豊満な逆ハート型の尻に迫った。

谷間の蕾に鼻を埋めると、顔中に弾力ある双丘が密着し、やはり蒸れて籠もる匂いが鼻腔を悩ましく刺激してきた。

舌を這わせて襞を濡らし、ヌルッと潜り込ませて粘膜を味わうと、

「あう……！」

美沙子が呻き、モグモグと肛門で舌先を締めつけてきた。

澄夫は執拗に舌を蠢かせ、淡く甘苦い粘膜を探ると、鼻先の割れ目からさらに

新たな愛液がトロトロと漏れてきた。

「ああ、お願い、もういいでしょう、入れて……」

美沙子が嫌々をしてせがむので、澄夫も舌を引っ込めて身を起こし、そのまま股間を進めていった。

先端を押し当てて潤いを与え、ゆっくりと膣口に挿入していくと、

「ああ……、奥まで来て……」

美沙子が顔を仰け反らせて喘ぎ、彼もヌルヌルッと根元まで押し込んだ。

温かな潤いがペニスを包み込み、彼は肉襞の摩擦を味わいながら股間を密着させた。

脚を伸ばして身を重ね、屈み込んで乳首を含むと、舌で転がしながら顔中を押しつけて巨乳の感触を味わった。

左右の乳房を交互に含んで舐め回し、腋の下にも鼻を埋め込んで、濃厚に蒸れて甘ったるい汗の匂いで鼻腔を満たした。

すると彼女がズンズンと股間を突き上げはじめたので、澄夫も合わせて腰を動かした。すぐにも愛液で律動が滑らかになり、クチュクチュと湿った摩擦音が響いてきた。

しかし収縮が増し、快感が高まっているだろうに彼女が動きを止めたのだ。

「ね、お尻に入れてみて……」

美沙子の言葉に驚き、澄夫も思わず腰の動きを止めた。

「だ、大丈夫ですか……」

「一度試してみたいの」

彼女が言う。してみると、当然ながら未体験のようだ。どうやら、正常位のあとにそれをしてみたくて澄夫を呼んだのではないだろうか。

彼も興味を覚え、身を起こしていったんペニスを引き抜いた。

すると美沙子が自ら両脚を浮かせて抱え込み、豊かな尻を突き出してきた。

見るとピンクの蕾が新たな快感を求めるように収縮し、割れ目から垂れる愛液でヌメヌメと潤っていた。

「じゃ、無理だったら言ってくださいね」

澄夫は言い、先端を蕾に押し当てた。

美沙子は口呼吸をして懸命に括約筋を緩め、期待に新たな愛液を漏らした。

やがて機を計って強く押しつけると、角度とタイミングが良かったか、張り詰めた亀頭と張り出したカリ首までが一気に潜り込んだ。

可憐な襞が丸く押し広がって、今にも裂けそうなほど光沢を放った。

しかし最も太い部分が入ってしまったので、あとはズブズブと押し込むことができた。

「あうう……」

美沙子が違和感に呻き、キュッと締めつけてきた。

澄夫は、彼女の肉体に残った最後の処女の部分を征服し、股間を密着させると尻の丸みが心地よく当たって弾んだ。

さすがに入り口はきついが、中は思ったより緩やかで、ベタつきもなくむしろ滑らかだった。

「大丈夫ですか」

膣と違う感触を味わいながら訊くと、

「ええ……、平気よ。動いて中に出して……」

美沙子が脂汗を滲ませて答え、自ら巨乳を揉みしだいて乳首をつまんだ。

さらにもう片方の手は空いている割れ目をいじり、愛液のついた指の腹でクリトリスを擦りはじめたのだ。

こんな動きでオナニーをするのかと興奮を高め、彼も様子を見ながら徐々に、小刻みに腰を前後に動かしはじめた。

次第に彼女も括約筋の緩急のつけ方に慣れてきたのか、滑らかに動けるようになってきた。

クリトリスをいじる美沙子の指の動きに合わせ、クチュクチュと湿った音が聞こえ、高まりとともに膣内が収縮すると、連動するように直腸内がキュッキュッと締まった。

「ああ、気持ちいい……」

澄夫も違和感に慣れてゆき、快感が湧くと腰の動きが止まらなくなった。

美沙子も強く乳首をつまみ、激しくクリトリスを擦りながらクネクネと悶え続けた。

もう我慢できず、澄夫は摩擦の中で昇り詰めてしまった。

「い、いく……、アアッ……！」

快感に声を洩らし、大量のザーメンをドクンドクンと勢いよく注入すると、

「熱いわ、出ているのね。気持ちいいわ……、ああーッ……！」

噴出を感じた美沙子も声を上ずらせ、ガクガクと狂おしいオルガスムスの痙攣を開始したのだった。

中に満ちるザーメンで、さらに動きがヌラヌラと滑らかになった。

まあ美沙子はアナルセックスの初体験というより、自らいじるクリトリスの感覚で果てたのかも知れない。

澄夫は心置きなく最後の一滴まで出し尽くし、ぶつける股間に弾む尻の丸みを味わいながら、徐々に動きを弱めていった。

そして荒い呼吸を繰り返しながら満足に包まれると、

「ああ……」

美沙子も声を洩らし、内部を収縮させながら、乳首とクリトリスから指を離して身を投げ出した。

澄夫が引き抜こうとすると、締めつけとヌメリにより、ろくに力など入れなくてもペニスが押し出され、ツルッと抜け落ちた。

何やら、自分が美女の排泄物になったような興奮が湧き、見ると丸く開いた肛門は一瞬滑らかな粘膜を覗かせ、徐々につぼまって元の可憐な形状に戻っていった。

「アア、良かったわ。休みたいけど、早く洗った方がいいわね……」

すると彼女が言って懸命に身を起こし、澄夫と一緒にベッドを降りるとバスルームへ移動していったのだった。

5

「さあ、オシッコしなさい。中も洗わないと」

バスルームで、美沙子が甲斐甲斐しくボディソープで澄夫のペニスを洗うと、シャワーの湯で流しながら言った。

彼も回復しそうになるのを堪えながら懸命に尿意を高め、ようやくチョロチョロと放尿することができた。

出しきるともう一度見沙子が洗ってくれ、消毒するようにチロチロと尿道口を舐め回してくれた。

その刺激で、たちまち彼自身はムクムクと回復し、元の硬さと大きさを取り戻した。

「まだできるのね。良かった……」

それを見た美沙子が頼もしげに言った。やはり二度目は、正式に膣感覚で昇り詰めたいのだろう。

「ね、美沙子さんもオシッコして」

澄夫はバスルームを出る前に言い、床に座って彼女を目の前に立たせた。

美沙子もまだ興奮をくすぶらせ、素直に尿意を高めながら彼の顔に股間を突き出してくれた。

彼は開かれた股の下に顔を潜り込ませ、まるで自転車のサドルにでもなったように割れ目に鼻と口を押しつけた。

湿った恥毛にはまだ僅かに匂いが残り、その刺激が鼻腔を掻き回してきた。

舌で探ると奥の柔肉が妖しく蠢き、たちまち温もりと味わいが変わった。

「あう、出るわ……」

美沙子が息を詰めて言うなり、チョロチョロと熱い流れがほとばしってきた。

彼は口に受けて味わい、淡い味と匂いに酔いしれながら喉を潤した。

勢いが増すと口から溢れ、肌を温かく伝い流れた。

そして流れが治まると、美沙子の下腹がピクンと震えた。

彼は残り香の中で余りの雫をすすって舌を這わせたが、たちまち淡い酸味の愛液が大量に溢れていった。

「も、もうダメ、続きはベッドで……」

彼女が言って股間を引き離すと、もう一度二人でシャワーを浴びた。

身体を拭くと、また気が急くように一緒にベッドへと戻り、澄夫は仰向けになった。

美沙子が屈み込み、勃起した亀頭にしゃぶりついて唾液に濡らしてくれた。

「ああ、気持ちいい……、今度は上から跨いで入れて……」

澄夫は喘ぎながら言い、彼女の口の中でヒクヒクと幹を震わせた。

やがて美沙子がスポンと口を離し、前進して彼の股間に跨がってきた。

幹に指を添えて先端に割れ目を押し当て、ゆっくり腰を沈めると、彼自身はヌルヌルッと滑らかな摩擦を受けながら根元まで呑み込まれていった。

「アア……、やっぱりこれがいいわ……」

完全に座り込んだ美沙子が顔を仰け反らせて喘ぎ、密着した股間をグリグリと擦りつけ、味わうように締めつけてきた。

澄夫も心地よい温もりと感触を味わいながら両手を伸ばして彼女を抱き寄せ、両膝を立てて豊満な尻を支えた。

美沙子も巨乳を彼の胸に押しつけ、肌の温もりとともに息づかせながら身を重ね、すぐにも腰を動かしはじめた。

彼も下からしがみつきながら、ズンズンと股間を突き上げると、

「アア、いい気持ち……」

美沙子が熱く喘ぎ、上からピッタリと唇を重ねてきた。

ネットリと舌がからまり、生温かな唾液が注がれると、澄夫はうっとりと味わい、喉を潤して酔いしれた。

互いの動きも激しくなると、クチュクチュと淫らな摩擦音が響き、溢れた分が彼の股間までビショビショにさせた。

「いいわ、すぐいきそうよ……」

美沙子が口を離して喘ぎ、彼は熱く湿り気ある、濃厚な白粉臭の吐息で鼻腔を刺激されながら高まっていった。

「唾を垂らして……」

言うと彼女も懸命に唾液を口に溜め、形良い唇を突き出して迫ると、トロトロと白っぽく小泡の多いシロップを吐き出してくれた。

彼は味わい、さらに喘ぐ口に鼻を押し込んで美熟女の熱く悩ましい匂いの吐息でうっとりと鼻腔を満たした。

すると彼女も舌を這わせ、鼻の穴を舐めて鼻の頭もしゃぶってくれた。

さらに美沙子は快感に任せ、彼の顔中を舐め回してくれたのである。

「ああ、いきそう……」

澄夫は美熟女の唾液と吐息の匂いに喘ぎ、顔中ヌルヌルにされながら、肉襞の摩擦でたちまち絶頂を迫らせていった。

彼女もアナルセックスではない正規の場所で収縮を強め、粗相したかのように大量の愛液を漏らして高まっていた。

「い、いっちゃうわ……、アアーッ……!」

先に美沙子がオルガスムスに達して声を上げ、ガクガクと狂おしい痙攣を開始した。その勢いに巻き込まれ、続いて澄夫も昇り詰め、

「く……!」

大きな絶頂の快感に呻いて股間を突き上げながら、ありったけの熱いザーメンをドクンドクンとほとばしらせてしまった。

「あう、もっと……!」

噴出を感じ、美沙子は駄目押しの快感に呻きながらキュッキュッと締め上げ、彼の唇に歯を立てながら乱れに乱れた。

澄夫も心ゆくまで快感を味わい、最後の一滴まで出し尽くすと、満足しながら

徐々に動きを弱めていった。

「ああ……、良かった……」

美沙子も声を洩らし、熟れ肌の強ばりを解きながら力を抜き、グッタリともたれかかってきた。

まだ膣内は名残惜しげな収縮を繰り返し、思い出したように肌がビクッと震えた。その刺激で、射精直後のペニスが膣内でヒクヒクと過敏に跳ね上がり、

「あう……、もう堪忍……」

美沙子も敏感になって呻き、キュッときつく締め上げてきた。

澄夫は美熟女の重みと温もりを味わい、白粉臭の刺激を含んだ吐息を胸いっぱいに嗅ぎながら、うっとりと快感の余韻に浸り込んでいった。

じっと重なっていたが、何度も締めつけられるうち、愛液とザーメンにまみれたペニスが押し出されてヌルリと抜け落ちた。

すると美沙子も上から移動して添い寝し、彼は腕枕してもらい、巨乳の温もりに包まれながら荒い息遣いを繰り返した。

「澄夫さんは、亜由のこと好き？」

すると呼吸を整えた美沙子が、唐突に訊いてきた。

「え？　もちろん好きですよ。可愛いお嬢さんだから……」

「そう、どうも亜由は澄夫さんのことが好きなようだわ」

彼女が言う。どうやら会話の端々に澄夫の名が出るたび、亜由の反応を見て美沙子は察しはじめているようだった。

「そうですか……」

澄夫は曖昧に答えたが、まだ美沙子は、彼と亜由が関係を持っていることまでは、母親の勘でも分かっていないようだ。

「なんだか、澄夫さんと亜由が結婚したらいいな、なんて思ったものだから……」

「そんな、亜由ちゃんは良い家のお嬢様だし、一人娘だから、だいいち僕なんかを選ばないでしょう」

「そんなことはないわ。命の恩人だし、すごく頼りにしているわ。もちろん跡取りだからお嫁にはやれないのだけど」

美沙子が言い、澄夫も自由な次男坊だから構わないのだが、まだ結婚など考えたこともないし、それは亜由も同じだろう。

「まだこれから、二人とも色んな経験をするでしょうから、そういう話は少し先で良いのでは」

「そうね、澄夫さんも夢があるだろうし、まだ在学中ですものね……」

美沙子も納得したように言い、その話はそれで終わった。

やがて二人はベッドを降り、またシャワーを浴びてから、もうすっかり気が済んだように身繕いをしたのだった。

澄夫は、また明日も海の家の手伝いをすることを約してアパートに戻り、少し身体を休めてから読書に耽り、夏休みの課題を進めた。

（逆玉の輿か……、それもいいな……）

ふと彼は思った。お嬢様でも亜由は我が儘ではないし、あの美熟女が義母になるのも実に艶めかしい。

しかし澄夫はまだ身を固めることより、自分の持っている力の可能性を試したい気持ちの方が大きいのだった。

第六章　果てなき快楽の日々

1

「もう読み終えたの？」

澄夫がハイツを訪ねて本を返すと、千夜子がメガネを押し上げて言った。

昼過ぎに返しに行きたいと千夜子にラインすると、今日は大学ではなく家だというので、もちろん彼は昼食のあとシャワーと歯磨きを済ませ、妖しい期待を抱いて来たのである。

「ええ、必要なところは全部メモしましたので、ありがとうございました」

澄夫は言い、出された麦茶を飲んで椅子に腰かけた。

千夜子は、自宅でリラックスしていたようで、彼と同じようにTシャツに短パン姿でいつも束ねている髪も下ろしていた。

澄夫も今日は、午前中だけ海の家に行ってお手伝いたちと準備のバイトをし、昼前にアパートに戻ってから千夜子に連絡したのだった。

「あれから私も人魚のことを少し調べたのだけど、やはり土地の伝承は災厄をもたらす妖怪が多く、稀に漁師と結婚しても、結局は海に帰る悲恋もの、よく昔話にある何々女房という類いだけだったわ」

「そうですね。僕も知る限り、西洋の童話のようなロマンチックなものは見つからなかったです」

澄夫は可憐な怜奈を思い浮かべながら答え、今は室内に籠もる甘い匂いを感じながら、目の前のメガネ美女に欲望を湧かせていた。

「今日は、千夜子先生は何していたんですか」

「明日から帰省する準備よ。研究レポートも一段落したから、今日は良いときに来てくれたわ」

訊くと、千夜子はレンズの奥から熱っぽい眼差しを向けて答えた。彼女にとっても、今日の彼の来訪は絶好のタイミングだったようだ。

「ね、思いっきり気持ち良くしてくれる？」

千夜子は、日常会話から非日常に切り替え、ストレートに言った。

「ええ、よろしければ」

「そう、じゃ脱いで」

千夜子がTシャツを脱ぎながら言うので、澄夫も立ち上がって手早く全裸になり、彼女の匂いが濃厚に沁みついたベッドに横になった。

もちろん彼自身は、期待で最大限に屹立していた。

千夜子も最後の一枚まで脱ぎ去り、メガネはそのまま、セミロングの髪を揺すってベッドに上ってきた。

「何されたい？」

「ここに立って、足の裏を顔に乗せて……」

訊かれて、澄夫は胸を弾ませて答えた。先日の３Ｐ以来、どうにも顔を踏まれるのが病みつきになっていた。

「いいわ、こう？」

千夜子も答え、すぐ澄夫の顔の横に立ち、壁に手をついて身体を支えると、片方の足を浮かせてそっと彼の顔に足裏を乗せてくれた。

「ああ、変な気持ち……」

千夜子が熱く喘ぎ、たまに感触を味わうようにキュッと踏みつけてきた。

澄夫も足裏の滑らかな感触を味わい、舌を這わせながら指の間に鼻を割り込ませて嗅いだ。

彼女は昨夜入浴したきりで、今日は朝から帰省準備で動き回っていたせいか、指の股は汗と脂に湿り、先日以上に濃厚に蒸れた匂いを沁みつかせ、嗅ぐたびに刺激が胸からペニスに伝わっていった。

充分に嗅いでから爪先にしゃぶりつき、全ての指の股にヌルッと舌を挿し入れて味わうと、

「アアッ……、くすぐったくていい気持ち……」

千夜子が遙か上の方で熱く喘ぎ、しゃぶりながら見上げると割れ目がヌラヌラと潤っているのが分かった。

足を交代してもらい、彼は新鮮な味と匂いを貪り尽くすと、彼女の足首を摑(つか)んで顔の左右に置いた。すると千夜子も、すぐに和式トイレスタイルでしゃがみ込んできた。

スラリとした脚がM字になると、太腿と脹ら脛がムッチリと張り詰め、濡れた股間が鼻先に迫った。

茂みに鼻を埋めて嗅ぐと、蒸れた汗とオシッコの匂いが混じり合い、どこか怜奈に似た磯の香りが感じられ、やはり人間は海から来たというようなことを彼は興奮の中で思ったものだった。

鼻腔を刺激されながら舌を挿し入れ、淡い酸味のヌメリを掻き回し、息づく膣口の襞からクリトリスまで舐め上げると、

「あう……、いいわ、もっと……」

千夜子がビクリと反応して口走り、遠慮なくグイグイと彼の口にクリトリスを擦りつけてきた。

澄夫も懸命に舌を蠢かせ、クリトリスを吸ってはヌメリを舐め取った。

味と匂いを堪能すると、さらに千夜子の尻の真下に潜り込み、顔中に弾力ある丸い双丘を受け止め、谷間に鼻を埋めて蒸れた匂いを貪った。

チロチロとくすぐるように舌を這わせると、侵入を求めるように蕾が収縮し、やがて充分に濡らしてからヌルッと潜り込ませた。

「く……、いい気持ち……」

千夜子が呻き、モグモグと肛門で舌先を締めつけた。

彼が滑らかな粘膜を探ると、割れ目からトロトロと大量に滴る愛液が生ぬるく顔を濡らしてきた。やはり愛撫の感覚以上に、男の顔に跨がっている状況が興奮を高めているのだろう。

やがて彼が再び割れ目に舌を戻して潤いをすすると、

「も、もういいわ……」

千夜子が絶頂を迫らせて言い、自分から股間を引き離してきた。

そして澄夫の脚の間に移動して腹這い、彼の両脚を浮かせて同じように舌を這わせ、ヌルリと潜り込ませてくれた。

「あう……」

今度は澄夫が受け身になって呻き、肛門で美女の舌を締めつけて味わった。

千夜子も熱い鼻息で陰嚢をくすぐり、舌を出し入れするように動かすと、彼は美女の舌に犯されているような心地で、奥に刺激を受けるたび勃起した幹がヒクヒクと上下した。

ようやく舌が引き離されると脚が下ろされ、彼女は陰嚢にしゃぶりついて念入りに睾丸を転がし、股間に熱い息を籠もらせた。

せがむように幹を震わせると、彼女も前進して裏筋を舐め上げ、粘液の滲む尿道口をチロチロと舐め、そのままスッポリと喉の奥まで呑み込んでいった。

「アア……」

澄夫は快感に喘ぎ、彼女も幹を締めつけて吸い、念入りにクチュクチュと舌をからめてくれた。

さらに彼が快感に任せてズンズンと股間を突き上げると、

「ンン……」

千夜子も熱く鼻を鳴らして顔を上下させ、スポスポとリズミカルに摩擦した。

「い、いきそう……」

言うと彼女はスポンと口を離し、添い寝してきた。

「いいわ、上になって入れて」

千夜子も期待に熱く息を弾ませながら言った。

今日の望みは正常位のようで、彼は身を起こして大股開きになった割れ目に股間を進めた。

唾液に濡れた幹に指を添えて下向きにさせ、張り詰めた先端を割れ目に押しつけ、感触を味わいながらゆっくり挿入していった。

「アアッ……、奥まで感じる……！」

ヌルヌルッと滑らかに根元まで押し込むと、千夜子が身を弓なりに反らせて喘ぎ、キュッと締めつけてきた。

澄夫も股間を密着させ、摩擦と温もりを味わいながら身を重ねていくと、彼女が下から激しく両手でしがみついた。

彼は屈み込んで左右の乳首を含み、舌で転がしながら膨らみの張りと生ぬるい体臭を味わった。両の乳首を味わってから、千夜子の腕を差し上げ、色っぽい腋毛の煙る腋の下に鼻を埋め込んだ。

そこは今日も、濃厚に甘ったるい汗の匂いが籠もり、うっとりと澄夫の胸が満たされていった。

待ち切れないように彼女の股間がズンズンと突き上がると、澄夫も腰を遣い、心地よい肉襞の摩擦と締めつけに包まれながら高まっていった。

上からピッタリと唇を重ね、舌を挿し入れて蠢かすと、

「ンンッ……！」

千夜子が熱く呻きながら澄夫の舌に吸いつき、レンズを曇らせるほど熱い鼻息で彼の鼻腔を湿らせた。

充分に舌をからめ、生温かな唾液を味わってから口を離し、彼女の喘ぐ口に鼻を押し込んで嗅ぐと、熱く湿り気ある息が花粉臭の刺激を含んで鼻腔を掻き回してきた。

澄夫は美女の吐息に酔いしれながら、次第に激しく股間をぶつけ、ピチャクチャと湿った摩擦音を響かせると、膣内の収縮が高まっていった。

「い、いっちゃう……、アアーッ……！」

たちまち千夜子が声を上ずらせ、ガクガクと狂おしいオルガスムスの痙攣を開始した。同時に澄夫も昇り詰め、大きな快感の中、ドクンドクンと勢いよく熱いザーメンを注入した。

「あう、感じる……！」

噴出を受けた千夜子が呻き、さらに締めつけを強めた。

澄夫は快感を味わい、かぐわしい吐息を嗅ぎながら心置きなく最後の一滴まで出し尽くしていったのだった。

2

「もうすっかり準備はできたようだね」

翌日の午前中、澄夫が海の家を見回しながら亜由に言った。

「ええ、明後日(あさって)の夕方に大勢集まるわ。毎年のことだけど、今回は澄夫さんもバイトでなくパーティに参加して。私の命の恩人として紹介するから」

亜由が、水蜜桃のような頬を染めて言う。

何やら、そこで亜由と美沙子により、澄夫は許婚として来賓に紹介されそうな気がした。

もちろん嫌ではなく、ただ少々早いと思うだけである。

やがて二人は海の家を出て、別荘に入った。

今日はお手伝いも引き上げ、美沙子はマンションに行って夫とパーティの打ち合わせをしているらしい。

だから二人きりのため、亜由も期待に胸をときめかせているようだ。

やはり真綾との三人も良かったが、こうして二人きりの方が淫靡な興奮が増して、亜由もそう思っているようだった。

ふとリビングから見ると、テラスにハンモックがかけられていた。

「わあ、これいいね」

「横になってみる?」

亜由が言い、二人でテラスに出た。周囲は塀に囲われて誰にも見られない。

彼はハンモックの下にビーチチェアを置くと、手早く全裸になってハンモックに上がってしまった。

「何をするの……」

「亜由ちゃんも脱いで、下に座って」

言うと、彼女も素直に全裸になり、ビーチチェアに座った。

しかも彼はハンモックにうつ伏せで横になり、粗い編み目の真下から、勃起したペニスを下に突き出したのだ。

すると先端が、ちょうど彼女の鼻先に突きつけられた。

亜由もすぐに察して亀頭にしゃぶりつき、先端にチロチロと舌を這わせはじめてくれた。

「ああ、気持ちいい……」

澄夫はうつ伏せのまま宙に揺られ、真下からしゃぶられながら快感に喘いだ。

通常では得られない感覚である。

身体が弓なりになっているが、怜奈の力で疲れはしないし、肌に網目の跡も食い込まないだろう。しかも身を左右に揺すると、亜由も懸命に口でついてきて、執拗に吸いつきながら舌をからませてくれた。

揺れが治まると、亜由も本格的にスポスポと摩擦し、まるで仔牛が乳でも吸っているようだった。

澄夫も真下からの熱い息を受け、唾液のヌメリと唇の摩擦に高まった。

もちろんここで果てるのはあまりに惜しいので、やがて彼は亜由の口からペニスを引き離した。

そしてハンモックを降りると、

「亜由ちゃんも乗って。そうだ、こうしてみようか」

澄夫は言い、ハンモックの片方のフックを同じ場所に引っかけ、雫のような形にした。そこへ支えながら亜由を乗せると、まるで罠にかかったように彼女が尻を真下に、両脚を上に向ける形になった。

彼は真下にチェアを移動させて座り、網目の間から割れ目に鼻と口を押しつけ、恥毛に籠もる汗とオシッコの蒸れた匂いと、淡いチーズ臭を貪りながら舌を這い回らせた。

「アアッ……!」

亜由が喘ぎ、宙に浮いた身体を揺すった。

彼は溢れてくる淡い酸味のヌメリを貪り、息づく膣口を舐め、クリトリスにも吸いついた。

「い、いい気持ち……」

彼女も変わった体勢と、陽が射すテラスで興奮を高めて喘いだ。

尻の丸みも、網目の間から艶めかしくはみ出し、彼は谷間に鼻を埋め込んで蕾に籠もる匂いを嗅ぎ、舌を這わせてヌルッと潜り込ませた。

「あう……」

亜由が呻き、肛門で舌先を締めつけてきた。

やがて再び割れ目に戻って舌を這わせると、

「なんだか、漏れそう……」

亜由が息を詰めて言った。

「いいよ、出しても」

言うと亜美も、身動き取れない体勢で尿意を高め、チョロチョロとか細い流れを滴らせてきた。

今日も美少女のオシッコは味も匂いも淡く上品なもので、抵抗なく飲み込むことができた。

それを受け止めて味わい、夢中で喉に流し込んだ。

溢れてテラスの簀の子が濡れても、あとで水を撒いておけば良いだろう。

しかし、いくらも出さないうちに。

「ああ……、変な感じ……」

流れは間もなく治まり、彼は残り香の中で余りの雫をすすった。

すると新たな愛液が泉のように湧き出してきたので、澄夫は口を離してチェアに身を横たえた。真下から股間を突き上げ、網目の間から先端を膣口に挿入していくと、

「アアッ……！」

亜由が喘ぎ、ユラユラと身を揺すった。

彼も心地よい締めつけと摩擦を味わい、下からズンズンと股間を突き上げた。

さらに彼女の体を回転させると、膣内が艶めかしく幹を擦った。

上部のロープがよじれ、また逆回転をすると、彼女も相当に感じるようで、

「あうう、すごいわ……！」

声を洩らしながら、溢れる愛液が円を描くように飛び散った。

しかし体勢に無理があるし、あまり長いと彼女の柔肌に網目の跡がクッキリ印されてしまうだろう。

途中で澄夫は引き抜いて立ち上がり、彼女を抱いてハンモックから下ろした。

そして横抱きのまま別荘の中に入り、亜由が使っているベッドに横たえた。

宙に浮いて酔ったように、亜由は朦朧となっているので、澄夫は仰向けにさせて彼女に正常位で挿入していった。

幸い肌に網目の跡はなく、ヌルヌルッと根元まで押し込むと、

「アア……、いい気持ち……」

彼女が顔を仰け反らせて喘いだ。

澄夫は股間を密着させて屈み込み、左右の乳首を含んで舐め回し、腋の下にも鼻を埋め込んで甘ったるい汗の匂いに酔いしれた。

亜由も下から両手でしがみつき、彼が腰を突き動かしはじめると、ズンズンと股間を突き上げながら収縮と潤いを増していった。

上からピッタリと唇を重ね、舌をからめながら生温かな唾液に濡れて蠢く美少女の舌を味わった。

「ああ……、なんだか、奥が熱いわ……」

亜由が口を離して言い、強ばった肌がヒクヒクと小刻みな痙攣を開始し、何かが芽生えようとしているようだった。

澄夫は美少女の喘ぐ口に鼻を押し込んで湿り気ある熱気を嗅ぎ、可愛らしく甘酸っぱい匂いで胸を満たしながら高まっていった。

「い、いく……」

たちまち彼は昇り詰め、口走りながら熱いザーメンをドクドクと注入した。

「あ、熱い、なにこれ……、アアーッ……！」

噴出を感じた途端、亜由が声を上ずらせて激しく腰を跳ね上げはじめた。

どうやら、本格的に膣感覚でのオルガスムスが得られたようだった。

今までの行為も全て下地となり、先日は真綾の激しい絶頂を目の当たりにしたので、今日は完全に大人の女の悦びを知ったのだろう。

澄夫も、自分の手で処女を成長させた感慨に包まれ、収縮と摩擦の快感の中で心置きなく最後の一滴まで出し尽くしていった。

なおも勃起が解けるまで律動を続け、やがて徐々に動きを弱めてもたれかかっていくと、

「ああ……」

亜由もか細く声を洩らし、精根尽き果てたように硬直を解くと、グッタリと力を抜いて四肢を投げ出していった。

まだ膣内は、未知の感覚に戦(おのの)くようにヒクヒクと収縮が繰り返され、刺激された幹が過敏に震えた。

そして澄夫は、彼女の吐き出す果実臭の息を心ゆくまで嗅いで、うっとりと快感の余韻を味わったのだった。

「大丈夫？」

「ええ……、なんだか、嵐に巻き込まれたみたい……」

訊くと、亜由は荒い息遣いを繰り返しながら答え、まだ全身をたまにビクッと震わせていた。

「これで本当に大人だね」

「なんだか、恐いぐらいの気持ち良さだったわ……」

亜由が言い、ようやく澄夫も呼吸を整えて身を起こし、ティッシュでの処理を省略して彼女を抱え、一緒にバスルームへと移動したのだった。

3

「やっぱり、二人きりの方がドキドキするわね」

澄夫がマンションを訪ねると、真綾が期待に目を輝かせて言った。

午後にラインで呼び出され、彼は亜由としたばかりだったが、昼食を済ませると淫気もリセットされ、すでに彼自身は痛いほど突っ張っていた。

「うん、三人も良いけど、あれはたまにでいいね」

澄夫も答え、真綾が寝室に誘って脱ぎはじめたので、彼も手早く全裸になってしまった。

真綾も全て脱ぎ去り、ベッドに横になったので、彼は足裏から舐め、指の股に鼻を割り込ませてムレムレの匂いを貪った。

「アア……」

彼女もされるままじっとし、澄夫は両足とも味と匂いを味わってから、股を開かせて脚の内側を舐め上げ、ムッチリと引き締まった内腿をたどって股間に迫っていった。

すでに割れ目は濡れ、恥毛には蒸れた匂いが濃厚に籠もっていた。

全身が汗ばんでいるので、彼が来るまでストレッチでもしていたのだろう。

澄夫は匂いを貪り、舌を這わせて濡れはじめている柔肉を探り、大きなクリトリスに吸いついた。

「あう……、いい気持ち……」

真綾が身を反らせて呻き、内腿できつく彼の顔を挟みつけてきた。

澄夫は割れ目の味と匂いを堪能し、両脚を浮かせて尻の谷間に鼻を埋め、レモンの先のように僅かに突き出た蕾に籠もる匂いを貪った。

舌を這わせてヌルッと潜り込ませ、滑らかな粘膜を探っていると、

「ね、そこにこれを入れて……」

真綾が枕元の引き出しから何かを取り出し、彼に手を渡した。

顔を上げて見ると、それは細いバイブである。ペニスを模した玩具（おもちゃ）ではなく、単三電池が二本入っている程度の太さだから、もともとアヌス用のものなのだろう。

あるいは年中練習で力んでいるからではなく、これでアヌスオナニーをしてきたから肛門が僅かに突き出た形になったのではないかと思った。

ローションも手渡されたので、彼は細いバイブにヌメリを与え、唾液に濡れた蕾にそろそろと押し込んでいった。

「あうう……、もっと深く入れてからスイッチを……」

真綾に言われ、彼は深く押し込んでから根元にあるスイッチを入れた。

すると中からブーンと低い振動音が聞こえて、連動するように膣口がヒクヒクと収縮した。

「こっちへ……」

身悶えながら真綾が彼を引き寄せ、顔を上げて勃起したペニスを含んだ。

たっぷりと唾液を出しながら張り詰めた亀頭をしゃぶり、彼も快感に高まってきた。

やがて唾液にまみれると真綾はスポンと口を離し、

「い、入れて、前にあなたのを……」

言われて、彼も興奮を高めて股間を進めていった。先端を濡れた膣口に押し当て、ヌルヌルッと一気に根元まで貫くと、直腸にバイブが入っているせいか締まりが倍加していた。

「アアッ……、いい……！」

前後の穴を塞がれて彼女が喘ぎ、両手を回して澄夫を抱き寄せた。

彼も、締めつけと摩擦快感以上に、間の肉を通して伝わる振動に激しく感じてしまった。

身を重ねながら左右の乳首を舐め、腋に籠もる濃厚な汗の匂いも貪ってから、徐々に腰を突き動かしはじめていった。

まるで別人のように締まりがきつく、ろくに動かなくても震動の刺激で彼はすぐにも果てそうになってしまった。

そして上から唇を重ねると、真綾も貪るように舌をからめてきた。

滑らかに蠢く舌と生温かな唾液を味わい、突くよりも引く方を意識するとカリ首の傘が内壁をより強く擦り、

「い、いきそう……！」

真綾が口を離し、顔を仰け反らせて喘いだ。口の中で上下に糸を引く唾液が艶めかしく、吐き出される熱い息がシナモン臭に、微かなオニオン臭を混じらせて悩ましく彼の鼻腔を刺激してきた。

「舐めて……」

言いながら鼻を押しつけると、真綾はまるでフェラチオするように彼の鼻の頭や穴をヌラヌラと念入りに舐め回し、唾液にまみれさせながら惜しみなく濃厚な吐息を与えてくれた。

「い、いく……！」

ただでさえ律動の摩擦に加え、バイブの震動が伝わっているから、澄夫はあっという間に昇り詰めてしまった。

快感に口走りながら、熱いザーメンをドクンドクンと勢いよく注入すると、

「か、感じる……、アアーッ……！」

たちまちオルガスムスのスイッチが入り、真綾も声を上ずらせて喘いだ。

収縮を最高潮にしながらガクガクと狂おしく腰を跳ね上げ、彼を乗せたままブリッジするように反り返った。

彼も懸命に股間を密着させながら快感を嚙み締め、心置きなく最後の一滴まで出し尽くしていった。

すっかり満足しながら動きを止めても、まだ振動が伝わり、収縮の刺激とともに幹がヒクヒクと過敏に跳ね上がった。

「あう……」

真綾も敏感になって呻き、精根尽き果てたように肌の強ばりを解きながらも、いつまでも腰をくねらせていた。

「お願い、抜いて……」

彼女が言うので、澄夫は心ゆくまでかぐわしい吐息を嗅いで鼻腔を刺激され、充分に余韻を味わってから身を起こしていった。

まずはきつく締まる膣口から、愛液とザーメンにまみれたペニスを引き抜き、バイブのスイッチを切ってから、ゆっくり引っ張り出していった。

収縮に合わせて細長いバイブがゆっくり押し出され、やがてヌルッと抜けるとピンクの肛門が粘膜を覗かせ、徐々につぼまっていった。

バイブの表面に汚れはないが、僅かに微香が感じられた。

それをティッシュに包んで置き、ペニスと割れ目を拭おうとすると、

「いいわ、バスルームへ……」

真綾が言い、引き締まった肉体を起こすと一緒にベッドを降りた。

さすがにペニスとバイブのダブル快感に真綾がフラつき、それを支えながらバスルームに行き、ようやくシャワーを浴びた。

澄夫も深い満足が得られ、もうオシッコも求めず、今日はこれで引き上げることにした。

あるいは、そろそろ怜奈の効力が薄れてきたのかも知れない。

真綾も、もう充分らしく身体を拭くと、すぐ二人で身繕いをしたのだった。

4

「じゃ明日は、みんな三時頃から集まって飲みはじめるから、澄夫さんもその頃に来てね」

翌日の昼過ぎ、美沙子が澄夫のアパートに寄って言った。

彼女はマンションの帰りで、別荘へ行く途中に寄ってくれたらしく、またレトルトや缶詰の食材も差し入れてくれた。

「すみません。助かります。明日の準備とかは？」

食材を受け取って言うと、

「ううん、準備は私たちでするので、もう大丈夫。明日の澄夫さんはバイトでなく、お客様として来てほしいから」

美沙子が、ほんのり甘い匂いを漂わせて答えた。

「分かりました。じゃ何着ていこうかな……」

「普段通りのカジュアルでいいのよ。泳ぐ人もいるだろうから」

彼女が言い、次第に眼差しが熱っぽくなってきた。

明日から忙しいから、彼女も今日のうちに淫気を解消しておきたい気持ちが伝わってきた。

澄夫の力は薄れているが、本来の若さと淫気は充分にあるので、前のように競泳などで無理さえしなければ、通常のセックスに支障はないだろう。

その証拠に、彼も甘い匂いを感じてムクムクと痛いほど股間が突っ張ってきてしまった。

もちろんシャワーは済ませているし、ドアもロックしてある。

「ね、勃っちゃった……」

甘えるように言い、テントを張った股間を突き出すと、

「まあ、昼間なのにいけない子ね」

美沙子も目を輝かせて言い、彼ににじり寄ってきた。

「脱いで見せて、どんなに硬くなっているのか」

美沙子は囁き、彼を亜由の婿にという意図があるだろうに、湧き上がる淫気はどうにもならないらしい。

「美沙子さんも脱いで……」

澄夫が脱ぎながら言うと、彼女も手早く脱ぎはじめてくれた。

「今日はいっぱい動いたから汗ばんでいるのよ」

美沙子は羞恥にモジモジして言いながら、見る見る白い熟れ肌を露わにしていった。

午前中は海の家の最終準備をし、マンションに行って昼食後に買い物し、ここへ来たのだろう。確かに、甘い匂いがいつになく濃厚だった。

彼は先に全裸になり、万年床に仰向けになって勃起したペニスを突き出した。

美沙子も一糸まとわぬ姿になると、すぐにも澄夫を大股開きにさせ、真ん中に腹這い股間に顔を寄せてきた。

「本当、すごく勃ってるわ……」

彼女が熱い視線を這わせて言い、そろそろと幹を撫で、張り詰めた亀頭にも指を這わせた。

さらに胸を突き出し、巨乳を擦りつけてから谷間に挟み、心地よく左右から揉んでくれた。

「ああ……、気持ちいい……」

澄夫は肌の温もりと感触に包まれて喘ぎ、谷間でヒクヒクと幹を震わせた。

やはり彼も、最初に触れた人間の女性である、二十歳近く年上の美沙子に身を任せるのは格別な気分であった。

艶めかしく念入りなパイズリを終えると、彼女は澄夫の両脚を浮かせ、自分から尻の谷間に舌を這わせはじめた。チロチロと肛門を舐めて襞を濡らし、ヌルッと潜り込ませると、

「あう……」

彼は快感に呻き、キュッと美熟女の舌先を肛門で締めつけた。

美沙子も厭わず内部で舌を蠢かせ、熱い鼻息で陰嚢をくすぐった。

そして舌先で内部の天井を探るたび、ヒクヒク上下するペニスを慈しむように見つめていた。

ようやく脚が下ろされると、彼女は舌を引き抜いて陰嚢をしゃぶり、睾丸を転がしてから身を乗り出し、肉棒の裏側をゆっくり舐め上げてきた。

たまに舌先がチロチロと左右に蠢き、特に先端近い裏筋部分が念入りに愛撫された。

そして先端まで来ると粘液の滲む尿道口を舐め回し、丸く開いた口でスッポリと喉の奥まで呑み込んでいった。

「アア……」

丁寧な愛撫に喘ぎ、彼自身は美熟女の温かく濡れた口の中で快感に震えた。

美沙子も幹を締めつけて吸い、熱い鼻息で恥毛をそよがせながら、クチュクチュと執拗に舌をからめ、清らかな唾液にまみれさせてくれた。

さらに顔を小刻みに上下させ、スポスポとリズミカルな摩擦を開始すると彼もズンズンと股間を突き上げ、

「ンン……」

美沙子が熱く呻きながら、濃厚な愛撫を繰り返した。

やがて口の中で震える幹の高まりを察すると、彼女は自分からスポンと口を離し、今度は自分が愛撫される番とばかりに添い寝してきた。

澄夫も腕枕してもらい、生ぬるくジットリ湿った腋の下に鼻を埋め込み、濃厚に甘ったるい汗の匂いに噎せ返りながら、息づく巨乳に手を這わせ、指の腹でクリクリと乳首をいじった。

「アアッ……、汗臭いでしょう……」

「ううん、すごくいい匂い」

彼女が悶えながら言うと、澄夫は鼻腔を満たしながら答えた。

やはり美熟女の体臭は、限りない興奮と安らぎの両方を与えてくれた。

充分に嗅いでから移動してチュッと乳首に吸いつき、顔中を豊かな膨らみに押しつけながら舌で転がし、もう片方も含んで舐め回した。

「アア……、いい気持ち……」

美沙子が身を投げ出して喘ぎ、熟れ肌を息づかせながら優しく彼の髪を撫で回してくれた。

澄夫も両の乳首を味わってから、滑らかな肌を舐め降りていった。

形良い臍を探り、弾力ある下腹に顔を押しつけ、豊満な腰から脚を舌でたどると、足裏も舐め回して指の股に鼻を割り込ませて嗅いだ。

蒸れた匂いが濃く沁みついて鼻腔が刺激され、彼はしゃぶりついて生ぬるくジットリした汗と脂の湿り気を味わった。

「あう、ダメよ……」

美沙子が脚を震わせて言ったが、彼は両脚とも味と匂いを貪り尽くした。

やがて脚の内側を舐め上げ、白くムッチリした内腿をたどって股間に迫ると、すでに割れ目はヌラヌラと大量の愛液に潤っていた。

澄夫は顔を埋め込み、柔らかな茂みに籠もって蒸れる汗とオシッコの匂いを貪り、舌を挿し入れていった。

淡い酸味のヌメリを掻き回しながら、かつて亜由が生まれ出た膣口からクリトリスまで舐め上げていくと、

「アアッ……！」

美沙子が熱く喘ぎ、内腿で彼の両頬を挟みつけてきた。

彼も味と匂いを存分に堪能し、脚を浮かせて豊満な尻の谷間に鼻を埋め、蒸れた微香を貪ってから舌を這わせた。

ヌルッと潜り込ませると、滑らかな粘膜は淡く甘苦い味覚があり、収縮と締めつけを味わいながら舌を蠢かせた。

脚を下ろし、再び割れ目に戻って新たなヌメリをすすり、クリトリスに吸いついた。

「い、入れて……！」

すっかり高まった美沙子がせがむと、彼は股間から顔を離して添い寝した。

「ね、跨いで上から入れて」

言うとすぐに彼女も身を起こし、仰向けになった彼の股間に跨がった。

幹に指を添えて先端に濡れた割れ目を当て、息を詰めて腰を沈めながら、ゆっくりと彼自身を膣口に受け入れていった。

「ああ……、いい気持ち……」

ヌルヌルッと滑らかに根元まで納めると、美沙子が声を洩らしながらピッタリと股間を密着させた。

澄夫も温もりと感触に包まれながら快感を味わい、両手を回して美沙子を抱き寄せると、彼女も身を重ねて巨乳を押しつけてきた。

そして上からピッタリと唇が重なり、ネットリと舌がからみついた。

澄夫は生温かな唾液に濡れて蠢く舌を味わいながら、ズンズンと股間を突き上げて摩擦快感に浸った。

「ンンッ……！」

美沙子も熱く鼻を鳴らし、合わせて腰を遣うと、たちまち二人の動きがリズミカルに一致し、溢れる愛液でクチュクチュと湿った音が響いた。

「アア……、すぐいきそうよ……」

彼女が口を離して熱く喘ぎ、澄夫は湿り気ある白粉臭の吐息で鼻腔を刺激されながら高まっていった。

「唾を垂らして……」

言うと、美沙子は喘いで乾いた口中に懸命に分泌させてから口を寄せ、クチュッと吐き出してくれた。澄夫は白っぽく小泡の多い唾液を舌に受けて味わい、うっとりと喉を潤した。

「顔にも強くペッて吐きかけて」

「そんなこと……」

さらにせがむと彼女は少しためらったが、快感が増して朦朧となっているし、彼自身の脈打ちと硬度も内部で高まっているので願いを叶(かな)えてくれた。

「ああ……」

かぐわしい息とともに唾液の固まりを鼻筋に受けて喘ぎ、彼は股間の突き上げを強めていった。

「い、いっちゃう……、アアーッ……!」

美沙子が先にオルガスムスに達して声を上ずらせ、ガクガクと狂おしく熟れ肌を痙攣させはじめた。

その収縮に巻き込まれ、澄夫も美熟女の唾液と吐息の匂いの渦の中、続いて絶頂に達してしまった。

「く……!」

昇り詰めて短く呻き、快感とともにドクンドクンと熱いザーメンが勢いよく内部にほとばしった。

「あう、熱いわ、もっと出して……!」

噴出を感じた美沙子が駄目押しの快感に呻き、さらに締めつけを強めて乱れに乱れた。

澄夫も心ゆくまで快感を味わい、最後の一滴まで出し尽くし、深い満足に包まれながら、徐々に動きを弱めていった。

「ああ……、良かったわ、すごく……」

美沙子も熟れ肌の強ばりを解いて言い、力を抜いてグッタリと彼にもたれかかってきた。

まだ膣内はキュッキュッと名残惜しげな収縮が繰り返され、射精直後で過敏になったペニスが内部でヒクヒクと跳ね上がった。

そして澄夫は美熟女の重みと温もりを感じ、甘い刺激の吐息を嗅ぎながら、うっとりと快感の余韻を味わったのだった。

5

「良かった！　もう会えないんじゃないかと思っていたんだ……」

夜半、怜奈の来訪に喜びながら澄夫は部屋に迎え入れたが、なんと彼女は全裸で訪ねてきたのである。

しかも彼女の肉体は、さらに大きく豊かに変わっていたのだった。

「どんどん成長するので、もう前の服は着られないし、どうせ誰からも見られないから裸のままで」

怜奈は、前と同じ可憐な声で言い、羞じらいながら布団に座った。

確かに、最初に助けたときは全長三十センチほどだったのだ。

それは本来の大きさではなく、さらに生殖本能が高まると急激に成長し、人ぐらいの大きさに変わることもできた。

それがさらに大きく、今は身長二メートルに近づき、横幅も実に艶めかしく豊満になって、顔だけは可憐なままであった。

もちろん澄夫は急激に勃起し、そして力の補充のため彼女の体液を欲してしまった。

「もう人の姿になれるのも限界が近いわ。そろそろ海の底の国へ帰らないと」

「そ、そこは、僕は行かれないの？」

「無理よ。人は行かれないわ」

「じゃ、今夜でお別れ……？」

澄夫は悲しげに言ったが、不思議なことに、今は別れの辛さよりも欲望の方が勝っていた。

とにかくにじり寄り、何もかも済んでから、また話し合おうと思った。

怜奈も素直に身を預け、求められるまま唇を重ねてきた。

柔らかな唇の弾力と、ほのかな唾液の湿り気が伝わるとともに、淡い磯の香りを含んだ吐息が鼻腔を湿らせた。

そのまま布団に横になり、彼は下になって舌をからめながら乳房を探った。

それはすでに、美沙子の巨乳より遥かに豊かになり、大変なボリュームを持っていた。

「ンン……」

怜奈は熱く鼻を鳴らし、舌を蠢かせながら、生温かく小泡の多い唾液をことさら多く、トロトロと口移しに注ぎ込んでくれた。彼もうっとりと味わい、喉を潤して酔いしれた。

やがて充分に可憐で巨体の人魚の唾液と吐息を吸収し、口を離すと彼は乳首に吸いついていった。

乳首を舌で転がし、顔中に密着する膨らみを味わい、左右とも交互に含んで舐め、さらに腋の下にも鼻を埋めて湿って蒸れた体臭を貪った。

そして滑らかな肌を舐め降り、腰から脚を下降し、足裏を舐めて指の股に鼻を押しつけた。蒸れた匂いを嗅いで爪先にしゃぶりつき、全ての指の間に舌を割り込ませて味わうと、

て喘いだ。
やはり本来は無い部分である脚は感じるらしく、怜奈がクネクネと腰をよじっ
「アアッ……！」
澄夫は両足ともしゃぶり尽くし、脚の内側を舐め上げ、ムッチリした内腿をた
どって股間に迫った。そこはすでに大量の愛液にまみれ、顔を埋めると、やはり
柔らかな恥毛には磯の匂いが籠もっていた。
舌を這わせて愛液をすすり、膣口からクリトリスまで舐め回し、両脚を浮かせ
て尻の谷間にも鼻を埋めた。
蒸れた微香を嗅いでから舌を這わせ、ヌルッと潜り込ませて粘膜を探ると、彼
は再び割れ目に戻ってヌメリを貪った。
「ね、オシッコして……」
彼は言い、もう貴重な液体をこぼす気もないので、バスルームではなくこの姿
勢のまま求めた。
怜奈も息を詰め、じっとして腹を強ばらせ尿意を高めていたが、
「あう、出るわ……」
言うなり、チョロチョロと熱い流れが溢れ、彼の口に注がれてきた。

澄夫は薄めた海水に似た液体を受け止め、夢中で飲み込んだ。やはり絶大な力が身の内に漲ってくる実感が湧いた。

怜奈も仰向けのまま遠慮なく放尿し、全て出しきった。

彼は一滴余さず喉に流し込み、残り香の中で余りの雫をすすり、新たに溢れる愛液を舐め取った。

「アア……、いい気持ち……」

怜奈もすっかり高まって喘ぎ、自分から身を起こしてきた。

入れ替わりに彼が仰向けになると、すぐにも怜奈がペニスにしゃぶりついた。

スッポリと根元まで呑み込んで吸いつき、熱い息を股間に籠もらせながら念入りに舌をからめてきた。

「ああ、いきそう……」

澄夫もズンズンと股間を突き上げて喘ぎ、急激に絶頂を迫らせていった。

すると怜奈は、彼が暴発してしまう前に、チュパッと口を離した。

「跨いで入れて……」

彼がせがむと、怜奈がかぶりを振った。

「ここではダメ。魚に戻ってしまったら、海まで歩けないので」

「じゃ……」

「ええ、海でして」

彼女が言うので、澄夫も仕方なく快感を後回しにして身を起こした。

手早くシャツと短パンを着込み、サンダルを履いて怜奈と一緒に外に出た。浜へ向かうが、近間の海はすでに海の家が開かれ、何人もの若者がいるので、結局プライベートビーチへと行った。

大柄で全裸の美女と外を歩くのも奇妙な感じだが、怜奈の姿は澄夫以外誰からも見えない。

誰もいない浜に行くと、別荘に灯りは点いているが、海の家は真っ暗である。

澄夫は服を脱いで浜に置き、怜奈に手を引かれて海の中に入っていった。

暗い水の中という恐怖はなく、むしろ挿入への期待に勃起が萎えることはなかった。

そして足もつかない沖まで引っ張られると、彼女がしがみつき、澄夫も手探りで挿入していった。

ヌルヌルッと根元まで押し込むと、水の中でも愛液の温もりと肉襞の摩擦が心地よく感じられた。

海に入っても怜奈の下半身は人の姿のままだが、さらに一回り大きくなった気がし、長い黒髪が藻のように揺らめいた。

（アア、いい気持ち……）

水中では、声でなくテレパシーで怜奈の言葉が伝わり、彼女にもらった力により、視界も良好である。

澄夫は股間を密着させ、大きく美しい怜奈にしがみついた。

すると彼女も両手両脚をからめ、さらに髪まで彼を包み込んでくれ、すぐにも互いに腰を動かしはじめた。

彼女の力で息苦しくはないが、水中なので上も下も分からず、まるで無重力の中でセックスしているように、正常位か女上位かも分からなくなっていた。

（一緒に、海の底の国へ行く方法が、たった一つだけあるわ）

怜奈の声が頭の中に響いてきた。

（僕も行けるの？　どんな方法？）

彼も、ジワジワと絶頂を迫らせながら訊いた。

（私が、澄夫を吸収してしまえばいいの）

怜奈が言い、澄夫も思い当たった。

確かアンコウの一種は、大きな牝（めす）が小さな牡（おす）と生殖するとき、牡の全身を身の内に取り入れて吸収してしまうのだった。

牝は牡の生殖能力のみ残し、あとは溶かしてしまうが、消化されるわけではなく、彼女の養分で生き続けるのである。

（どうする？　それでもいい？）

怜奈が訊く。やはり見た目は人に近くても、その心根や習性は人ではないのだった。

しかも彼女は、澄夫が絶頂を迫らせているときに言ってきたのである。

男とは、絶頂快感の直前は、どんな願いもきいてしまうという、これも一種の習性を持ち、それを怜奈は知っているのかも知れない。

（いいよ、このまま一緒に海の底へ行こう……）

澄夫は、なんの迷いもなく、快感に乗じて答えていた。

（そう、良かった……）

怜奈は嬉しげに言い、激しく腰の動きと収縮を強めていった。

澄夫もたちまち昇り詰め、大きな快感の中でドクドクとありったけのザーメンを膣内に注ぎ込んでいた。

（く……、気持ちいい……）

（アアッ、嬉しい……！）

二人で声を上げ、水中をもつれ合いながら快感を貪り合った。

彼は心置きなく最後の一滴まで出し尽くし、このまま大きな怜奈の肌に融合してしまうのかと覚悟した。

しかし激情が過ぎると、急にそれが恐ろしくなってきたのだ。

（え……？）

だが融合は起きず、怜奈が諦めたように身を離してきたのである。

（ごめんね、やっぱりよすわ。人の世界に帰って）

彼女は言い、手を引いて足のつく浅瀬まで澄夫を運んでくれた。

そして怜奈は屈み込み、自分の内腿に歯を立て、一口分の肉を嚙み取った。

血が滲んだが、すぐに止まり、たちまち怜奈の下半身は魚に戻っていった。

彼女は口を重ね、澄夫の口に肉片を送り込んできたので、彼も夢中で柔らかな肉を咀嚼し、飲み込んでしまった。

（これだけの量だから、不老不死とまではいかないけど、長生きできるわ。病気にならず、怪我（けが）をしてもすぐ治るので）

（れ、怜奈……）

澄夫は言って縋ろうとしたが、怜奈は首を振り、

（さよなら、澄夫）

言うなり海中で尾ひれを翻し、あっという間に姿を消してしまい、少し遅れて激しい水圧が彼に押し寄せた。

その波によろけながら立ち上がり、いつまでも波の彼方を見ていたが、やがて嘆息し、浜に上がって濡れた身体の上から服を着た。

（怜奈、ありがとう。海の底で幸せに……）

澄夫は言い、降るような星空の下、ゆっくりと浜を歩きはじめたのだった。

三交社文庫
SEJ-045

マーメイドの淫惑

2021年8月15日　第一刷発行

著　者　睦月影郎
発行者　岩橋耕助
編　集　株式会社メディアソフト
〒110-0016
東京都台東区台東4-27-5
TEL. 03-5688-3510（代表）　FAX. 03-5688-3512
http://www.media-soft.biz/
発　行　株式会社三交社
〒110-0016
東京都台東区台東4-20-9　大仙柴田ビル２F
TEL. 03-5826-4424　FAX. 03-5826-4425
http://www.sanko-sha.com/
印　刷　中央精版印刷株式会社
装丁・DTP　萩原七唱

ISBN978-4-8155-7545-8